天使飞临在一杯咖啡中

弱水 著

UNITY PRESS 团结出版社

图书在版编目（C I P）数据

天使飞临在一杯咖啡中 / 弱水著 .-- 北京：团结出版社，2019.11

（方隅书存 / 付国栋主编）

ISBN 978-7-5126-7517-9

Ⅰ. ①天… Ⅱ. ①弱… Ⅲ. ①诗集 - 中国 - 当代

Ⅳ. ① I227

中国版本图书馆 CIP 数据核字（2019）第 254538 号

出版：团结出版社　北京市东城区东皇城根南街 84 号

邮政编码：100006　电话：（010）65228880 65244790

网址：http://www.tjpress.com　E-mail：65244790@163.com

经销：全国新华书店

印刷：天津午阳印刷股份有限公司

装订：天津午阳印刷股份有限公司

开本：878mm×1092mm　1/32　印张：60　字数：1490 千字

版次：2019 年 11 月第 1 版　印次：2019 年 11 月第 1 次印刷

书号：978-7-5126-7517-9

定价：270 元（全 9 册）

目录

I 作为隐喻的身体

II 在北京仰而视天

III 永恒之光亮

IV 词语练习

代后记

1 作为隐喻的身体

天使飞临在一杯咖啡中

为什么必须饮下一杯咖啡
才能开始一天的劳作？
当你坐在窗前
一两根黑发悄悄掉落
一两根白发悄悄生长
像你看到的这个世界
一部分在死去
一部分在新生
没有什么新鲜的真理
造物的目的总是隐秘的
在一杯黑浓的咖啡中
天使正在飞临
填补死去的一部分空白

（2017.10.23）

圣杯

下雪的夜晚
姑娘们推开一扇门
小院里盛开雪白的脚印
在一张长沙发上
她们拥挤着取暖
一个女孩取出她的神秘主义道具
我们用湿纸巾擦干净双手
依次抽出一份待解的命运
属于我的是一只金色的圣杯
汩汩溢出蓝色的水柱
女孩说：太好了
你拥有了一份最好的爱。
对面的姑娘睁大眼睛问我：
是真的吗？
我点点头，肯定地说：
是真的。

（2019.7.31）

天意

我攀到窗边
用慢镜头
看雪花飘曳

它们落在松树上
落在冬青上
落在梅花上
落在枯草上

整个世界忽然全白了

一场伟大的爱
才会这样
漫无目的
却自成天意

（2019.2.15）

神启

当我抬头
看到每一颗星星
在各自的轨道上运行
它们若是相爱
也会保持一个月，一年，甚至
很多年一次擦肩而过的频率
虽然它们短暂交汇的光芒
堪称宇宙奇迹
我觉得自己获得了神启
理解了某种人生常态
可是我一低头
又看到两条河流
汇合到一起就再没有分离

（2019.1.26）

复活

那一天我在你的书架前
每说出一个作者的名字
你就笑着说，他呀——
像介绍你的一个老朋友

我们就这样一个个说下去
这些伟大的名字
这次不是由他们来书写
而是由他们见证了
一个在五月重新复活的世界

（2016.5.7）

云端

自从知道了量子
平行空间
AI
这些概念
她对这个世界
就没什么好担心的了
所有的可能性
无非是生产一个概念
无非是
在他开枪打破自己的脑袋之前
她已将他保存在了云端

（2018.1.16）

她轻得像天使

仿佛轻轻吹一口气
就能让她飞起来

没有什么比她
空无一物的轻
更美

她轻得像天使
爱她的人会被她
带走

（2019.5.20）

作为隐喻的身体

她举着一本书
调整着和它的距离
以便看清上面的字
一旁的钟点工阿姨说：
这是老花了。
她“哦”了一声，算是接受这个
事实判断，继续调整焦距读书
钟点工阿姨接着说：
我就是老花的那年绝经了。
她仿佛一惊，放下手中的书
直起头来
再次“哦”了一声

（2019.9.30）

庇护所

倒挂在枝头的山楂
把秋天压低了几分
它并非要炫耀什么
只是一串普通的
被风吹熟的山楂
像那些没有整过容的
长着雀斑的平凡的女孩
把自己交给最平凡的命运
而当你换一种凝视的方式
它们就是一座庇护所
把你拉回故乡的山头
仿佛曾经笑过你的邻家妹妹
你从不曾感到惊艳
但想起时有一点温暖

（2018.8.14）

霜降

想象中，遇到你的样子
一定就是叶子遇到霜降的样子
义无反顾的爱
美翻了天
阳光的声响穿越树林
像乐队演奏不停，而叶子
还是要在某个时候落下
带走那些温暖日子的回音

（2017.10.24）

脊椎之用

人到四十
没有几个人的脊椎
是直的了
不在逢迎和威力中压弯
也会被柴米油盐压弯
内外交困的人生
考验着脊椎的硬度
擅长正脊术的中医有什么用呢
正来正去
走出那间按摩房就恢复原形了
时间中的一切都不可逆
压弯的脊椎再难直起
纳博科夫竟然说，人类要靠脊椎骨
领略艺术带来的欣悦。
而有些脊椎骨从不知这个用处
它们有着另一种命运

（2018.8.13）

人生越走越薄

诗人兼大夫的爱斐儿说：
“40 岁以后，肌肉开始流失”
这是医学，也是诗。因为她说出的
不只是肌肉，而是生命的真相——
一切都在变薄。我的脸
不再有婴儿肥，我的头发
一天天，从瀑布流成溪水
我的睡眠，天哪！我的睡眠像玻璃纸
它的薄显得夜晚过于漫长
经得起一遍遍回放前世今生
爱情也在变薄，不再有浓稠的悲伤
也没有化不开的绝望。走到现在
人生已经薄得只剩三两知己
并且还将继续薄下去，终将
薄成一张纸片，刚好可以
写下一句 完美的墓志铭

（2018.7.1）

静默的时刻

光线移出窗外
这是一个令人心动的时刻
也是一个危险的时刻
窗帘的阴影投在窗棂上
无数条线索
等待着被讲述，重构
她在记忆中提炼
适用于刀刃的金属
溢满房间的柔情冷下来
她起伏的胸脯
包容了全部的慰籍与打击
在黑暗中难以察觉
只有那枚贝质纽扣
闪烁着若有若无的一丝渴念
那些古老的曲调与和弦
都开始于这样一个
静默的时刻

（2018.1.17）

起飞时刻

飞机尚未进入它的跑道
疲惫的人们已经等得昏昏欲睡
一个婴儿响亮的啼哭声
让沉闷的空气有些松动
年轻的妈妈和爸爸手忙脚乱
但仅仅用爱解决不了问题
它哭得响亮，坦荡，无所顾忌
人们安静，漠然，面无表情
飞机依然没有起飞的迹象
每个人的体内都有一个婴儿醒来
睁着无辜的眼睛 等待安抚
机舱内静极了，只有马达的轰鸣
和婴儿的啼哭，互不服从
坚决抵抗。人们耐着性子
保持沉默
每个人体内的那个婴儿
都有大哭一场的权利
这样的时刻总是突如其来
又倏忽而去。播音器终于响起

空姐柔软的道歉。飞机在一秒钟内
冲入云层。婴儿停止啼哭
它对这个世界的抗拒和批判
适时而止，边界清晰
然而，人们并没这么想
人们习惯在起飞之后调整好靠背
阳光刺眼时拉下小舷窗板

（2017.2.16）

我们的骨头会在哪里

他指着画布上堆满的骷髅，说
小时候我们翻地时会翻出这些
我们用树枝挑在肩上。
午后时分的展览馆内
光线昏暗，但仍然照亮了他的回忆
接近于空白。只有瞬间的重量。
但我已被砸中。是谁？
发生了什么？仍然是一片空白。
从眼前的画布，到他童年时的山坳
死去多年的骨头，忽然重见天日
没有了肉体的悲伤和欢愉
也摆脱了思想的沉重和情感的负累
在树枝上大摇大摆的骨头
多么像一枚晒空了的柿子
在画布上欢呼雀跃的骨头
多么像一只只新生的小鸟
这是一个动人心魄的秘密时刻，我认出
树枝和画家之笔，是自然的神启
而他接下来说，它们还是最尊贵的酒器

在某些地方。我再次被钉住
这些神秘的去处，不知道是不是
也被赋予一种秩序，不知道
我，他
我们的骨头会在哪里

（2017.1.14）

处境

在班车上
我望着远处
被雾霾包围的夕阳
只剩一张窘迫的红脸
它不能迅速落山
抽身逃离这个被污染的世界
也不能冲出雾霾
尽情绽放它美丽的金光
作为夕阳
它也有无力改变的处境
更何况
不得不在班车上摇晃的
我们

（2018.11.12）

诗意依赖

一个同事和我说
他喜欢凌霄花
攀援在树上
很漂亮
我的反应是友邦惊诧状
自从读了舒婷的《致橡树》
凌霄花就以品质不高
被我鄙夷
我的惊诧
不是因为有人喜欢它
我的惊诧
是我看到了一首诗
如何改变了一种花
以及，如何改变了我

（2018.6.4）

角度

只是爆米花这样的小事
只是踩一脚这样的小事
从另一个角度看
却惊天动地 惊心动魄
是的，从另一个角度看
她的害怕，也是享受

（2017.4.15）

想到这场雨也下在你的窗外

想到这场雨也下在你的窗外
我便在窗边的椅子上多坐了会儿
所有和你有关的事物
在雨声中浮现
你看我的目光，和不看我时
吐出的一个烟圈
它们一样巨大
如我想要的一座山顶上的木屋
足够安放我所剩不多的生命和理想
我对这个世界索求不多
无非道一句晚安，然后又忘记
而你告诉我，我用手
说出来的那些话
你也听到了
所以，此时，我继续不说话
听一场雨下在我的窗外
也下在你的窗外

（2019.9.8）

看不见的日子悄悄吃掉了她

我戴上眼镜
看到镜子里是一个陌生人
小理发师下手太狠
新的形象超出想像十万八千里
生活总是这样充满意外
我不得不与这个陌生的我为伴
每天，我试着调整观察她的角度
心情好时她就迎合我
有时也会自暴自弃
我们惺惺相惜
或者彼此厌恶
她有时跟着我意识流
有时对着我咳嗽
我不知道她是哪天消失的
她正越来越顺着我的心意
看不见的日子悄悄吃掉了她

（2018.11.4）

她弥漫了所有边界

——读勃纳尔画作《瞌睡的女人》

比她的一生更长的存在
是在他的画笔下睡觉
从 16 岁到 62 岁
她有时睡在床上
毫无保留
身体的起伏和床单的褶皱
难分彼此
如果你持续凝视
她就在画布上消失
有时在桌子一角
像一盘水果静物
被他用画笔蒙上一层
丝绸的光泽
仙境般的气氛中
她将自己摊开
沉沉睡去
墙纸上的图案是她身上的花
她的乳头

是一小块微弱的阴影
总之，他是要让她
消失
消失于周遭的事物
光的反射
模糊的镜子
发散的色彩
这样，她就是无穷大
弥漫了所有边界

（2018.1.6）

给她一面镜子……

——读巴尔蒂斯画作

要将某个瞬间凝固，涂满秘密
要让日常呈现深不可见的哲学
你终于找到适合的道具——
给她一面镜子，看她如何
看自己，看她如何被自己
看。她曲起右腿
她露出左乳，她昂起下巴
她闭上眼睛；她自豪，自恋
自嘲，自弃，自悲，自喜。镜子
成为她的道德，照出人生的意义
和无意义。而这只是表象
另一个实相的世界，在镜子内部
是一片无限的空，你粗略涂抹
也许是面对它的虚弱，也许是要行使
你的霸权，一个绝望的王
为了看清自己
你在画中藏了多少双眼睛啊
现在又添了我的一双

（2016.9.4）

退回

在反方向的座位上
火车的前进成了倒退
轰隆轰隆
像是要退回到出发之前
退回到和你相遇之前
退回到第一根白发出现之前
退回到对苦味的东西上瘾之前
退回到母亲的子宫
一片黑暗
火车钻进了隧道
仿佛退回到了黑暗的初始
退回到了无可退回之处
然而火车钻出了隧道
大白
重见天日
继续倒退
此后所有的退回
都退回到一片无涯的空白

（2018.10.25）

春日的一天

这一天
南方有冰雹
北方有夕照
电视里有新闻联播
故事在繁花间盘旋
我有鸿毛般的虚弱
不能真切记住每朵花的轮廓

这一天
是任何一天
是任何一个春天
云朵堆满天空
每朵都是奇迹
我们彼此默契
相互不再想起

（2014.3.29）

经验与先验

一个学者说
当你读了《人类学》
你就会接受
写一篇关于柏拉图的论文
和打一场篮球
没有根本的区别
而我是在某次激烈的吵架之后
暗无天日地反思，反思
再反思，然后毫无先兆地
突然明白了
我写一篇散文
和他玩一场手游
没有根本的区别
我能够理解和接受这个世界
的全部
就是从那一刻开始的
读《人类学》
只是让我想起了

生命中有那么一个
混沌洞开的时刻

（2019.2.27）

在深夜醒来

在深夜醒来
脊柱冰凉

整排的悲伤
将白天紫色的时光反转

作为一个绝望的泅渡者
她的航线
是两行与黑夜般配的眼泪

（2019.6.15）

对话的瞬间

巴赫的《哥德堡变奏曲》
从书架的最高处，缓缓淌下
似乎要将所有尖锐的东西融合
成一条河流。一个周末的清晨
藏在手风琴大师的指尖
缓缓开启第一丝光明
她离开书桌，走过我身边：
“妈妈，你好像好久没有听过
流行歌曲了，总在听古典音乐”
“可能因为我老了”，我说
84 岁的博尔赫斯正在我手中
《最后的对话》让我喜欢得掉泪
失明的大师从时间深处投来一瞥
这个对话的瞬间屹立起来
仿佛要迎合巴赫的变奏

（2019.3.17）

口腔医院

口腔医院的小楼是一座教堂的附属
院墙上的浮雕是耶稣的十二个使徒
走进院子仿佛就可以得到神的庇护
等候区坐满了银发闪耀的耄耋老者
口腔医院几乎可以更名为老年医院
老人的气息弥漫仿佛要使空气凝固
我捂着半边脸的疼痛坚持站在一边
仿佛在坚守一种无效抵抗和不配合
范彬…… 沈彬…… 导诊护士呼叫着
这些和我相同的名字，她们站起身
我仿佛看到几年后自己老去的模样
想起儿时午睡躺在母亲身边看着她
觉得 30 岁是个很老的永远不会来临
的年龄，而我的牙齿已经提前进入
老年，它们像当初一颗颗冒出牙尖
给周围世界带来成长的欣喜，现在
开始一颗颗排着队衰败凋落，走向
无可挽回的命运。在麻药的配合下
大夫娴熟地处置了那颗隐裂的牙齿

半边脸的疼痛转为麻木，而我更加
清醒，知道还有更多的隐裂在体内
隐隐作痛，它们承载着我经受过的
各种撞击，排着队去赴最后的邀约
我的抵抗终将成为真正的无效抵抗
我带着这具无辜却伤痕累累的肉身
走出口腔医院，十二个使徒在墙上
用慈悲的目光送别我，路边的丁香
用一簇簇紫色和白色的清香拥抱我
渐渐远去的小小的口腔医院用留在
齿间的药告诉我“上帝与你同在！”

（2019.4.13）

在秋天有了悲伤的理由

秋天来了
银杏的叶子落了
我们就有了悲伤的理由

在秋风中练习流泪
而不是在镜子里模仿微笑
向大雁学习分别
而不是向语言索取温暖

在秋天可以将悲伤端上桌面
一个人缺席
一首诗会飞来补位

成熟的事物正在衰败
死亡在消解一切意义
在幸福中耗尽了爱情的女人
在秋天有了悲伤的理由

（2019.9.29）

游戏

高中三年
我看着她认真地学
认真地哭
认真地笑
认真地懊悔

录取通知拿到手中的时候
他又完成了一个游戏

（2019.7.16）

如愿

当孩子长大
如愿去了远方
她也如愿老成了
多年前想象中的模样

深夜被狂风惊醒
如愿拥有翻身入睡的自由
而不是起身
去检查被孩子踢掉的被子

但她没有如愿睡着
有一条被子
在狂风的咆哮声中
在她的窗外飘了一夜

（2019.7.14）

你要去爱

我给家里所有的植物浇水
只剩下女儿窗台上的一盆
作为一个少女即将 18 岁的礼物
希望她从一株植物身上
学着享受
爱一个生命的快乐

但她说：可是
若它死了呢?

我怔了一秒，告诉她：
那就享受爱的痛苦

（2019.6.20）

因为孩子

因为孩子
她第一次意识到自己不再是个孩子
因为孩子
她开始去爱每一个弱小的事物

因为孩子
她身体里的病全好了
因为孩子
她不允许自己再生病

因为孩子，她重新建立生活的习惯
以完成一个母亲过于复杂的天职
因为孩子，她拥有越来越多的美德
以配得上所有关于母亲的颂词

因为孩子
她真正体会到了责任的含义
因为孩子
她一次又一次回到自己的童年

在孩子的口中
她找回了成人世界里渐渐丢失的常识
在孩子的口中
她认定每一个孩子都是天生的诗人

因为孩子
她的生命幅度加倍拓展
在孩子的身上
她又重新成长一遍

因为孩子
她向这个世界种植善意
希望新鲜和洁净
覆盖黑色的泥土

因为孩子
她成为最强大的人
山一般屹立不倒
神一般无所不能

因为孩子
她成为最脆弱的人

害怕看不见的危险
害怕坏消息

（2018.4.29）

用什么样的词语拯救你的行为

这一年的最后一天
她为我买药时丢了钱
我说，破财免灾

新年第一天
她喝水时打碎了杯子
我说，岁岁平安

她有些释然，又有些怀疑：
我们的文化真是博大精深
好的都能说成坏的
坏的也都能说成好的

正说着，我发出史上最强烈的咳嗽
将自己造成严重内伤
她说，现在
你准备用什么样的词语
拯救你的行为

（2018.1.7）

给妈妈书

收到你寄来的丸子了
妈妈。昨晚就做了糖醋丸子
今早又煮了丸子汤，用你常用的
方法。但比起你做的
味道仍然差了一点。那一点是你独有的
种在我的身体里，而我不能取出
像盐一样洒到我的碗里。生活中的能力
都是向你学的，虽然你从不教
你只是做。你总是为我做好一切
早上一睁眼就是你调好的蜂蜜水
我都学会了，现在也这样
做给我的女儿。妈妈
以前你就希望传真机能将你做好的菜
传给我，现在快递小哥终于
帮你如愿了，只是他们不寄饺子馅
退给了你，否则我就可以在立冬吃饺子了
他们还笑话你，丸子还没有快递费贵呢！
“可是她买不到我做的丸子啊”
妈妈，你总是那么了解我

不了解的那部分，你就宽容我
我时时会怀疑自己，而你似乎从不
在你这里，我拥有成为自己的
无限自由，像当初在你的羊水里
而当我离开你的身体
我就不能再回去，不能逃离
被孤悬的命运。你用越来越差的眼睛
看着我越走越远，你什么都不说
只是为我捡起丢了一路的碎片
像当初你等在卫生间门口
看我洗头发，然后收拾那一片狼藉
这么多年，你仿佛永远等在我的身后
一转身，我就会看见你
现在更有快递小哥帮你追着我
让我像丸子一样，漂在你的香气里

（2016.11.7）

父亲

父亲先是剪贴别人的文字给我看
后来剪贴我的文字给别人看
有那么一段日子
我似乎正是父亲的希望

然而成长是一件出乎意料的事情
有一天父亲突然发现，这个女儿
旁逸斜出了太多枝条，多余且危险
他拾起了多年不用的斧子

这是他步入老年后最用心的一项工作
平定一场叛乱，重新找回他的乖女孩
他为此学习新的工具，上网，微信……
打破每一个欲言又止的时刻

我也希望，父亲保持他的力量
像星光覆盖夜晚

像一只大手覆盖一只小手
为此我愿意作为一个敌人与他对峙

（2017.6.18）

端午节想起姥姥

1.

姥姥在端午节要认真地做许多事情
用彩色棉纸裹缠木枝，搭成好看的花架子
郑重戴在我们姐妹的脖子上
彩色丝线捻成巴索，一圈一圈
系在我们的手腕脚腕上
丝绵蘸了雄黄酒，擦抹我们的手心脚心
将艾叶高高地插在门锁上。
做完这一切，
我们就可以安心地吃粽子了
姥姥就可以安心地把我们交给夏天了

2.

姥姥是个小脚女人
姥姥的小脚是我唯一见过的小脚
它小于我的脚，走过我的脚没有走过的路
它支撑着姥姥瘦瘦高高的身子

干农活，走山路，挑担子，做家务
我无法想象那双小脚的力量
我看着姥姥，每天晚上
一圈一圈解开她的裹脚布
仿佛要放飞一双鸽子
每天早上，又一圈一圈裹起来
仿佛裹起一部分多余的生活
长长的裹脚布，并不像语文老师
批评烂作文时说的那样臭

3.

姥姥是个整洁的女人
每次盘好圆圆的发髻，姥姥还要用水
抿一抿额前的碎发，让它们一丝不乱
姥姥有时会对着一面小小的镜子
细致地摘掉偶尔冒出的白发
姥姥的灰布褂子总是洗得翠生生的
因此“翠生生”成为我最初关于服装的审美启蒙
姥姥还要把我们姐妹收拾得干净喷香
让我们成为处处受欢迎的小孩
姥姥总是把生着煤火的炉灶擦得乌亮
照得出茶壶的影子

姥姥不允许床单上有一个皱褶
在白天上床是要被姥姥打屁股的
姥姥每天爬木楼梯上到二楼
把只用来储物的二楼擦一遍
即使在姥姥肺结核咯血的日子
姥姥每天劳作如常
当我后来学到“慎独”这个词
我马上想到姥姥。没有人监督
却能不染一尘
不知道这样的信条和习惯
是如何根植入了姥姥瘦弱的身子

4.

姥姥是个厉害的女人
看着我的书页卷得一塌糊涂
姥姥狠狠地说下次再这样就剁掉你的手指
我为此惶惶不可终日
为纠正背书时舔书页、听讲时捻书页的恶习而痛苦
终于等到一个机会，姥姥生病住院
我和妹妹大肆玩过家家的游戏
把姥姥铺得齐整的床弄得天翻地覆
享受一种报复和放纵的快感

那是我们对姥姥最严重的冒犯
我们并不知道姥姥的病意味着什么
我们并不知道还有比姥姥更厉害的事物

5.

姥姥是村里的妇女主任
隔三差五地随着队伍上街游行
姥姥一手举着小旗喊着口号
一手牵着小小的我
我不明白但也不疑问姥姥在做什么
模糊地知道那是姥姥除了当姥姥之外的角色
读高中时学到“政治生活”这个词
我兴奋地想到当年游行队伍中的姥姥
终于可以为当初的不解下个定义
这是知识的迷人之处

6.

村边有条长长的河，叫长河
河边有道高高的坡，叫河坡
打麦的季节，姥姥和我坐在河坡上
看拉着麦子的牛车吱呀吱呀地走过

看跟着牛车一路捡拾麦子的姑娘们
姥姥指着河坡底下远远的一个姑娘说
那是谁家的闺女啊，你看她多泼辣，多麻利
我就只盯着那姑娘，看她一路走上河坡
走过我和姥姥身边时，我惊奇地发现
她是我小姨

7.

那时候的冬天好冷
早上姥姥叫啊叫啊我们就是不起床
后来姥姥撑着我们的棉袄棉裤一件件在火炉上烤
这一招果然灵验，姥姥打败了冬天的早上
我们的棉袄棉裤装着炉火的暖
装着姥姥一清早的耐心
和两世轮回的爱
温暖着我们度过漫长的冬季

8.

那时候的夜晚好长
没有电，更没有电视，电脑，PAD
黑暗中我们唯一的依赖只有姥姥

听姥姥讲梁山伯与祝英台的故事
讲狸猫换太子，讲杨门女将
姥姥价值观分明，故事中的人物好坏对错分明
姥姥用一个一个故事
为我们蒙昧的天空发布了一颗一颗星星

9.

后来，
姥姥住院的时间一次比一次长
姥姥咯血的次数一天比一天多
我依然不知道姥姥的病意味着什么
也不会想一天天的日子有什么不同
那天放学路上，邻居赵大爷迎面和我说：
快回家，你姥姥不在了。
我全身的血骤然燃烧
当我看到躺在灵床上的姥姥
我就不停地流泪啊流泪，就像在今天
因为端午节想起姥姥，我还是
只会流泪啊流泪

10.

那一年是 1981 年，土地包产到户的第二年
农民的好日子就要开始。可是我的姥姥
被母亲生下后养不起送给别人家的姥姥
生养了六个儿女养育了三个外孙女儿的姥姥
被一场革命打击自杀的姥爷抛下的姥姥
累得肺结核胃癌子宫癌一身病的姥姥
没来得及享受一天好日子

那一年，我 9 岁，姥姥 55 岁

（2015.6.28）

II 在北京仰而视天

在北京仰而视天

有人在朋友圈晒出北京的天空照
这是常有之事。因为对于我们
北京的大地是不存在的，只有爬行的
车流，好似来自远古大地的声音
堵在西二环东三环北五环，我们
只好像齐桓公一样仰而视天，北京的天
大于太原的天晋城的天下村的天大南庄的天
大于我一路走来的所有的天，北京的天
是天子的天，我们在天子脚下
仰而视天，北京蓝多么美
笼盖八方
傍晚的火烧云多么美仿佛
我们集体做的一场春秋大梦。要下雨了
隐匿在云隙的光多么美。
雨后的彩虹多么美仿佛
要将北京从人间度到天上。此时
是雾霾隐身的稀有时刻。多么欣喜啊
我们拍下天空的那一刻，一朵云
正在追逐另一朵云。这是小人物

在苍茫天空下的小快乐。而大人物们
正在忙于设计未来宇宙，天空马上就要
增添新的色彩。我猜他们都记得管仲说过：
以百姓为天。而我们只需记得
出门时看天气预报

（2016.9.21）

阴影

她显然是在阴影里奔跑
虽然有漏下的光
打在她薄薄的后背
和抬起的小腿上
可她怎能跑出去
阴影太大了
在魔鬼分赃后的开怀大笑中
一朵妖冶的蘑菇云
铺满天际，她并不知晓
那个暗藏玄机的世界
会将她置于怎样的掌心
她依然开心地
奔跑在漏下的光隙间
即将被折翼的小小的身体
散发着干净的
栀子花的味道

（2018.6.6）

潜伏

那些在黑暗中动过的念头
是潜伏在他身体里的
若干种变形
有一天会因为光
现出原形，背叛他
而他并不自知

（2017.4.15）

模仿

他被自己的影子
吓住了
它总在暗中
模仿他
这使他不敢
轻举妄动

（2017.4.15）

蝎子

有什么办法
毒液是它的语言
是它的爱
是它的自尊
也是它的脆弱
是它与生俱来的
无法克服的本能
所有来到它身边的人
只能接受
被它不断蛰伤的命运

（2019.4.27）

等一场雪

天空已灰了很久
空茫的灰，遮蔽日月
冰冻的灰，封存一切声音
所有人都在等待
一场雪。以为有了雪的翅膀
就能飞起来，有了雪的白
黑色就会融化。我们各自
在自家阳台，关好窗户
我们都是灰世界的见证人
我们都很安静，守着五千年
的美德，遥遥对望
我们看见黑漆漆的乌鸦
每天练习飞翔
从公主坟到天安门
在灰色的天空，它们黑得惊艳
偶尔彻亮的呱噪，仿佛一颗
勇敢的心。我们保有这份灰色的默契
相信一场雪将破空而来
相信盛大的美好会从天而降

（2016.12.25）

落叶

细雨和树交谈了一个晚上
它们终于商量清楚了
叶子们落下去之后
在尘世和天堂的位置

（2019.11.10）

障碍物（之一）

冬天的衣物和秋天的衣物
交换了柜子
便于我在出门之前
作出政治正确的选择
我需要这些障碍物
叠起来的，堆积着的
一动就会牵扯出一对矛盾
我需要这些障碍物
填补虚无和空洞
澄清头脑
给每一个黎明前的黑暗
开辟一条光亮的道路
这是确保自己在生活中
的一种生活方式

（2019.11.10）

障碍物（之二）

一只苍蝇在撞窗玻璃
直至筋疲力竭
它并知道
有一道透明的障碍物
挡住它飞向窗外
就像我们并不知道
有多少东西
将自己与他人分开
那些看不见的透明物
我们并不以为其存在
就像那只苍蝇
对那道无法逾越的障碍物
知之甚少

（2019.11.13）

柔软

一路往南
你会越来越柔软
像蜿蜒在车窗玻璃上的那道雨水
清凉，忧伤，断断续续
不知这样的一生从哪里起源
不知这样的滚落从何时提速
直到走入这比水轻一些的迷雾
直到走入这比黑暗轻一些的山色
在一面湖水之上，你也轻了起来
爱之外的一切负重都是不必要的
拜生活所赐的一切坚硬都可以还回去了
说话时突然有了几分导游女孩子软软的语调
软软的，像丝绸，像糯米，像黄酒
软软的，像越剧中的女妆小生
来到南方，仿佛中场休息之后大幕拉开
人生从大浪淘沙的上半场
进入了小桥流水的下半场

（2019.10.28）

只有安静是恒久的

自从奔流的河水成为湖水
历史便在此处安静下来

当我从银杏热烈燃烧的北方来到此处
北方和我同时安静下来

安静和环抱群山的湖水一样无限
你的气息也弥漫在这包围之中

安静和生长在湖水中的群山一样恒久
我的爱也在安静中重新生长

在安静中生长的一切
都和安静一样恒久

（2019.10.28）

碓臼峪的石头

这些石头
多么白
多么古老
我们都没想到
在今天相遇
2017 年 10 月 16 日
它们一生中的大部分时间
甚至都不知道
时间可以这样标记

（2017.10.16）

膜拜

他闭着眼睛
却看到了一切

那辽远的地方
我们的出生之地
那照耀过我们一生的阳光
以及阳光未照临过的黑暗

此时
我们像一株小草
在他的脚边膜拜
他轻锁的眉头
投下沉重的一瞥

我们知道
他已看到一切

转身出去的时候

我们甚至不再需要
头顶的阳光

（2017.4.25）

不止上帝，还有寒流

她搂着睡觉的喜羊羊
是他从垃圾桶捡回来的
她依然快乐
是真的快乐
毕竟她也有了一只喜羊羊
她抱着它，或者把它放在自己的
儿童车里，想象自己是它的妈妈
她的快乐简单而真实
像一盆浇水后的植物
欣欣向荣的快乐
任何黑暗都遮掩不住
包括冬夜的风，凛冽的寒冷
她还不懂它们意味着什么
也许有一天她会明白
不止上帝，还有寒流
一起参与设计了她的命运
像她手中的喜羊羊

有人把它丢弃
有人视它为珍宝

（2017.11.28）

在吵架声中醒来

他们在楼下吵架
男女二重声
打着卷儿朝天而上
这是清晨的第一幕话剧

他们在早餐店吵架
淌着汗水的脑袋
和油条翻滚的大锅
一起冒着热气

他们在电视里吵架
从东方到西方
地球越来越热
海平面越来越高

它们在窗外吵架
羽毛倒竖

为了一旁观战的雌喜鹊
必须决斗到底

（2019.6.21）

在雨声中醒来

在雨声中醒来
在雨声中想起是礼拜日
在雨声中接受大自然赐予的幸福
它总是意外降临，如果你继续躺在床上
就会觉得受之有愧

在雨声中打开窗户你要拥抱飘进来的
雨雾雨气和雨意，它们代表一场
完美的夏天的雨，向人们致以清凉的慰问

在雨声中昨夜的伤神奇愈合
窗外一大片槐树和银杏闪着绿色波光
需要定期清理尘埃，特别是蒙尘的人心

在雨声中布老虎瞪着清亮的眼睛虎视眈眈
在雨声中一把椅子在等待一个人
在雨声中一张床在做一个梦

在雨声中

渐渐有了鸟鸣，人声，马达声

有一些东西像植物们淋雨后的快乐
在雨声中醒来

（2019.6.16）

宁静的黄昏

大剧院穹顶上的两片云是宁静的
街头亲吻的情侣是宁静的
车窗里贴着国标的红旗轿车是宁静的

端着帽子列队行进的警察是宁静的
年轻夫妇推着的婴儿车是宁静的

身边驶过共享单车的铃声是宁静的
一手握车把一手翘兰花指
哼唱京剧的男人是宁静的

小区门口聊天的老妇人是宁静的
叉腿坐在电动车上打电话的
房地产公司的业务员是宁静的

小卖部的台阶是宁静的，坐在台阶上用力抓挠
被蚊子叮了腿的女孩子是宁静的，一边
喝饮料一边看手机的男孩子是宁静的

拎着菜袋子走出菜市场的胖男人是宁静的
被夕阳映红的天边是宁静的

“让你走路没个走路的样子！”
“啪——”一个巴掌打在少年的肩上
骤然的，高亢的，反抗的哭声
终于打破了这黄昏的宁静

（2017.5.13）

四月开满了花，每一朵都不言语

地铁口的一树丁香
专注于调配一种被诗人们迷恋的香
不管白天是否有风，夜晚是否有月

小区里的桃花极尽粉艳
仿佛要抓紧时间
赴约一场热闹的俗世生活

街角的玉兰一夜之间全部张开翅膀
一朵飞舞，另一朵也飞舞
十万朵玉兰都思想纯净，灵魂洁白

四月开满了花，每一朵都不言语
它们沉默着，就可以交流

二环边的樱花绽放如云
藏满了大数据和暗信息

胡同口的杏花凋落如雪

埋葬了又一批汉语词汇

繁花盛开的世界如此安静
我们对视一下目光就心心相印
四月，是一些事物繁荣
而另一些事物退场的季节

（2019.4.16）

口哨

他在黑暗中吹了一个口哨
迅忽，尖利的声音
一小块黑暗被划破
他尝试着又吹一声
黑暗又被扯掉一块
他开始连续地吹
那首乐曲
若干年后在课堂上被郑重解读
有人说是一头狮子在荒原上吼叫
有人说是鸟儿在枝头彼此安慰
吹响的一种古老号角

（2019.4.25）

一朵花开到了尽头

一朵花开到了尽头
而春天才刚刚开始
感谢另一朵花继续开下去
毕竟，走过这悲伤的人间
我们需要一万朵花的热闹
填充那个没有等来的
人的空缺
我们需要一万朵花的色彩
装饰这无休止的
单曲循环的虚构

（2019.3.11）

樱花

那一夜，果然起了大风
她躺在床上读石川啄木

想起下午遇见的一树樱花
风在窗外像一只嚎叫的兽

满树的樱花，像一场盛装的婚礼
密语着人们所不知的纯洁，以及

对未来的誓言。而此时的樱花一定
纷落成雨，像夜晚一场盛装的葬礼

可是，没有这样一场无缘无故的风
何以叫春天呢？石川君也会厌倦吧

（2019.3.12）

赏梅

这一天
我走在五百年前的古城墙根下
数着梅花的五个花瓣
看见我和自己的五次分离
白色，粉色，黄色，绿色，黑色

这一天
我有大面积的忧伤
和小面积的怀旧
像春光下梅树的影子
虚实错落，布满古城墙

（2017.2.27）

开花的山楂树

她等待春日终结
漫入群山
如她的呼吸起伏
亲近万物

她等待有人无限温存
捧起双手
她就悉数枯萎
婀娜坠落

在这样的树下坐坐
是多美好的事

（2017.2.27）

一棵银杏比一棵银杏瘦

一棵银杏在我们散步时落下一片叶子
一棵银杏结满了沉甸甸的白色果子

一棵银杏看见一个女孩捡起落叶夹入书中
一棵银杏不知道一条围巾的落款是它的叶片

一棵银杏被连根拔起从平原运往高原
一棵银杏在去年的春风中植在这条道旁

一棵银杏在今年春天没有长出绿芽
一棵银杏在老家一座寺庙门口活了五千年

一棵银杏比一棵银杏瘦
一棵银杏比一棵银杏勇敢

一棵银杏助人为乐
一棵银杏忧郁迷人

一棵银杏刚入秋就落光了叶子

一棵银杏在照片上洒满金子般的光

一棵银杏堆了一地的枯叶上一个孩子高兴地踩出
　脆裂声
一棵银杏堆了一地的枯叶上一只鸟在静静腐烂

（2018.8.30）

把时间敲得更碎一些

地安门外的钟鼓楼已沉寂多年
西单电报大楼的钟声每天按时敲响
他们急匆匆喝下一杯浓浓的黑咖啡
急匆匆走过西单天桥，咬下一口面包
电脑里的算法还在不断更新
每个人的手机还有更多闹钟
把时间敲得更碎一些
才能撑起这座一天比一天膨胀的城市

（2018.11.28）

柔软

他在拂晓时分走上街头
那些廉价的习惯堵住他的去路
直至一个人的背影 柔软地
拖在地上，他却被猛然唤醒
是的，唤醒他的不是深刻的疼痛
而是生命在日常之物上的流逝
他们交换，用一只空的咖啡杯
和一杯酒。一只盛着他许久以来
饮下的虚无，另一只盛着
独属于他的截然不同的一生

（2019.2.22）

预言

我们谈论着一个精神病人
他病在他的爱情里
如果他病在权力里
我们都将成为精神病人
说到此处
我们不约而同
沉默了
仿佛无意道破的黑暗
提前来临

（2019.2.15）

早晨 7 点 01 分的故事

我像一条蚯蚓钻出复兴门地铁站
天气好的时候可以看见启明星
运气好的时候可以看见
启明星和一枚月亮在一起
而无论天气和运气如何，一转身
都可以看见她，在地铁站拐角处
从两个大包裹里，取出一件件
小物品，袜子，鞋垫，手套……
摆放在一辆三轮车上
我从没有看到她摆放完所有的物品
因为我要赶班车，还得再走 9 分钟
我也没有来得及问过她，这么早会有人
买她的东西吗？因为我看见跟在我身后
用手机对着金星合月拍照的姑娘没有买
一对穿着校服的少男少女拉着手走过去
没有买，一个背着行李包的男人走过去
没有买，一对夫妇领着一个孩子走过去
没有买……我在 7 点 01 分走出复兴门地铁站
金星合月这样的奇观都看过几次了

没有看到有人买她的东西，而她不紧不慢
摆放那些小物品，清晨微亮的光线
照在她 80 岁的脸上，皱纹如山川
她从没有抬头看过天上的星星和月亮

（2019.1.21）

理解一棵树

理解它赤裸的，被阳光洗净的
欲望，理解它出神入化的妖娆
并非为了取悦人间，理解它
将天与地锁在一起
用它挺立的，黝黑的忧伤
理解它独处的心愿
虽然此时已如此荒凉
理解它顽强而高扬的尊严
理解它发给风的秘密
理解它扎根此地而它的世界
从来都不在眼前，理解它
投下开放的，清澈的影子
罩住我，我们一动不动
时间像树根一样缓慢流逝

（2019.1.21）

小瀑布

这无名的小瀑布
它没有什么气势
也无心炫耀什么
它兀自从山顶淌下
兀自穿越林间
只一刻钟
就消失得无影无踪
我却被它感动
为它奔流而下时携带的
自然的野性
以及不可侵犯的自由
树木在它身边生长，腐烂
它却永远透明
时间给予它迷人的残旧
虽然它细小得
仿佛随时会从地球上消失

（2019.8.9）

麻雀

哦，麻雀
不安分的麻雀
寂寞的麻雀
世界还在沉睡而你早早醒了
在寒冷中思考是困难的
让另一只麻雀安静下来聆听
是更加困难的，用声音
穿越城市比穿越大山更难
除非像广场舞一样狂欢
除非像领袖一样高屋建瓴
世界一团模糊而你异常清晰
哦，麻雀
不安分的麻雀
寂寞的麻雀
各种影子遮蔽了太阳
有谁听到麻雀俯身大地的歌唱
有谁懂得麻雀对冬日的深情
有谁知道麻雀如何爱着这个世界

（2014.12.23）

伊拉草原

做伊拉草原的一头牛
躺下睡觉
起来吃草
多好

做伊拉草原的一棵草
晒干净的阳光
喝干净的雨水
多好

做伊拉草原的一朵花
睁眼是蓝天
闭眼是爱情
多好

做伊拉草原的一片云
想你时下雨

你就知道了
多好

（2017.8.20）

蝴蝶泉

那么多死去的蝴蝶
各有各的美
仿佛各有各的爱情
和死法

它们在我的注视下
一一复活
重振羽翼
全心全意接纳我
这小半日的爱

一切如此自然

它们继续追逐爱情
和泉水一起变老
和湖水一起变老

我继续追逐那些

不断消失的事物
和它们不断复活的美

（2017.8.20）

黄河在贵德是清的

我不愿叫它黄河，此时
它在我的脚边是碧绿的
而它昨晚映着夕阳，在我们
用晚餐的窗外，是粉红的
我也不愿像他们一样
把它叫做黄河母亲的少女时代
它的奔流气韵生动
一万年一气呵成
它和最坚硬的岩层撞击
几乎是轻盈地飞了过去
它一路谦卑，又一往无前
有着一条河流最纯正的品质
我们对它做什么都是不够资格的
不要去命名，去象征
去赋予意义
面对这样一条河流
我们每添一笔，都是败笔
只需这样，安静地望着它
就有一种磅礴之力

穿越我们肤浅的身体
就这样，沿着岸边走走吧
给它自由
也给我们自己

（2018.9.2）

用一生做一朵酥油花

一朵酥油花的盛开
一定要在最寒冷的日子
让手心的温度归零
而心脏的温度要保持火热

年复一年
每一朵酥油花都是相似的
当一朵酥油花昂扬出个性
那双手的主人就要得道了

如果一生可以只做一件事
比如低着头，做一朵酥油花
一点点揉捏时光成柔软的酥油
我猜那一定是幸福的

数不清酥油花繁复的花瓣
仿佛愈繁复，人生便可愈简单
化简为繁，化繁为简
修行到此，其实是一回事

（2018.9.2）

十万个长头等于什么

塔尔寺的每一个廊檐下
都排着磕长头的队列

僧人，孩童，老人，妇人
每个人
都是人世间的一种苦难

（2018.9.2）

都江堰

伏于水之中央，你柔情万缕顺应水的豪情
立于山之脚下，你放低自己呼应山的雄壮
无为而为，借力使力
坏脾气的江水变成听话的乖孩子
你说去哪儿，它就快乐地奔哪儿
整个成都平原都是它的乐园
整个成都平原都是你的神话

我感动于你的美，你近于无形的存在
与天地合一

（2017.1.21）

九寨沟

九寨沟是道家的
来自古冰川时代的山水
于旷古的动静之间
阐释自然主义哲学的奥义
人间的最高美学

114 个海子是 114 个睡美人
114 个五彩胴体
眠睡于林海、山涧、苇滩
她们不知羞涩 亦无须羞涩
坦然裸露的美 纯洁如处子

而那醒来的部分
在每一个现实的落差上啸歌
诺日朗瀑布飞天而下
珍珠滩瀑布群雄而起
树正瀑布万马奔腾
在前进的路上毫不犹疑 玉石俱碎

极致一切力量
穷尽所有色彩
九寨沟卸掉了中庸主义的绑缚
让每一个生命
展示了最本真的美

（2014.9.2）

被雕塑占领的马德里

在马德里，我看见一座座雕塑
次第占领每一条街衢，每一个
窗口，在大理石光滑的脉络中
坚硬的历史变得柔软。胜利者的荣光
与失败者的悲伤，在时间的褶皱中
早已拥有平等的命运。我看见
这些起伏的思想，扭动的批判
凝固为马德里的另一种秩序
静默的背景。我看见
挥着刻刀的艺术家
每完成一件雕塑
仿佛摆平一件往事
拥挤的内心腾出一块空地

（2017.1.21）

一定要在安达卢西亚看弗拉门戈舞

当她的鞋跟嗒嗒地踩响小剧场的舞台
安眠在安达卢西亚的每一个生命
同时复活，在她波浪般的脚尖，手臂
腰肢，胸脯，长发上
在她明亮的眼睛和飞洒的汗水中
每一寸悲伤都熠熠生辉
每一寸骄傲都万马奔腾
她用嗒嗒的节奏统领它们
劳作的，死去的，未来的
她统领它们一起天崩地陷
在格拉纳达的小剧场里
一场爱
到了尽头

（2017.01.2）

在米哈斯眺望地中海

看到地中海
就看到了梵高，肖邦，聂鲁达

看到天才，抑郁症，肺结核
是同一回事

看到流亡，早夭，不朽
是同一回事

看到地中海的阳光，海风，爱情
是同一回事

而我，必与其中的某个词有关
这是我登上米哈斯山顶时的预谋

（2017.1.19）

III 永恒之光亮

昨日的世界

——致茨威格

这个世界和那个世界一样
都是他的家园。他把自己定义为
世界公民，在他的眼中
奥地利的天空和英格兰的天空一样
柔和如绸缎，弥漫在巴斯山谷里
的安谧，也是阳光照耀下巴登的气息
他无差别地深爱这个世界，和那个世界
这是他的信念。人们应该像风中的树叶
轻柔地互相舔舐，或者像鸟儿
无忧无虑地飞行和栖落，这才是造物的
初衷。而他的信念突然之间
被摧毁，人性黑暗的洪水
与权势这只猛兽团结起来
这个世界与那个世界虎视眈眈
一个又一个地狱和炼狱睁开双眼
凝视他，仿佛他是一个懦弱的人
被排挤，被孤立，心怀不可言的忧虑
信仰“虽千万人，吾往矣”的东方女人

此时视他为英雄，而他已不可能知道
骄阳下他的影子挡住他的前行
回望昨日的世界
他觉得自己算是真正地活过了
在里约的一个小镇，二月是
巴西的夏天，酷热并不妨碍他和洛蒂
相拥而眠。他看上去死了
她看上去在爱情中

（2018.7.7）

狱中的哈维尔

他被抛掷
被封闭
世界似乎是一座黑屋子
如果不迈腿
就没有道路
如果不看穿墙壁
就没有光亮
他自己释放自己的日子
用蓝色墨水种植玫瑰
收复苔藓覆盖的道路
灰尘如同翅膀
超越秩序和混乱
超越罪过
他的话语里没有枷锁
只有锐利的刀锋
140 封信，不是写给妻子的
情书，而是每一个
被毁坏的夜晚

（2018.7.15）

英雄交响曲

——兼致贝多芬

像每一个暗怀梦想的小人物
他也崇拜英雄
小提琴发出重复的高音
单簧管与双簧管的和声有些忧郁
随后就是小号光芒万丈地高鸣
这是他赋予心中那位英雄的
美妙灵魂。然后
在低音提琴的肃穆和木管乐器最后的叫喊中
英雄死去。因为英雄必将死去
不是死于理想，而是死于
走向理想的道路。几天后
新加冕的皇帝用旧制度的王冠
宣布他的预言成为现实
没有什么再能抚慰
他耳疾的痛苦了
月光不能，上帝也不能
所有的乐手一致使出最大的力量
所有的乐器在最高处轰鸣之后戛然而止

一个新的宇宙从天而降
死去的英雄突然复活
那是很多年之后的事了
那时他早已勇敢地奔赴死亡
而他预言的后半部分正在实现
死去的英雄正在复活
一个在他的音符中
一个在他的名字中

“亲爱的灵魂”

——致柴可夫斯基

他们称我梅克夫人，而对于你
我是一个没有名字的人
甚至连身体也没有
1200 封信，噤默在荒凉的时间之河中
我们是喋喋不休的两尾游鱼

我不爱莫扎特的快乐主义
不爱瓦格纳的形式主义
用音符表达俄罗斯精神
没有人比你更准确
理解你的迷狂和呓语
没有人可以和我做对手

透明的天空
柔顺的河流
寂静的森林
你的灵魂
正是俄罗斯的灵魂

而我，只是一个对时间的悼亡者
在你的灵魂中安妥我的灵魂
是我此生的幸福
在形而上的高处
我们用孤单置换孤单
用爱置换爱

“亲爱的灵魂”，为此
我安心于日常生活中一种永恒距离的存在
我安心于只存在你的每一个音符和停顿中
作为一缕清风，一簇星光
一条幽隐的道路

只有一曲交响曲是属于我们的
其他都属于俄罗斯

（注：梅克夫人在信中称柴可夫斯基“亲爱的灵魂”。）

自画像

——致梵高

这是我第 40 遍
认真地审视自己
不是你们照镜子那样
而是一个画家对一个画家的审视
他贫穷，疯癫
却做着美梦，心地纯洁
只要能使那些善良的人们快乐
他随时都可以跳入水中
可他们把他送入疯人院
这也没什么不好
他依然可以使用色彩
理解每一个人
赞美生活热腾腾的气味
这是我作为一个画家的理想
如果这是疯癫
他恐怕只好永远疯癫下去
当我第 40 遍用画笔审视自己
我已经认清了这点

（2019.1.31）

他最初的想像仍然镶嵌在最高的地方

——致高迪

他是一个永远的孩童
才会将整个大自然搬到石头里

要不他就是上帝
在无尽的曲线中自由上升

永不完成的神圣家族教堂又添了新的细节
他最初的想像仍然镶嵌在最高的地方

没有高迪这个名字
巴塞罗那会失去一半光芒

（2016.10.2）

谁要是相信，谁就成为了他

——致塞万提斯

阳光刺眼，塞万提斯坐在西班牙广场上
凝视前方。另一个自己
骑着一匹前蹄腾空的马
左手握剑 右手挥舞
爱他的人想起他会流泪
大部分人把他当成笑话
四百年来，从西方到东方
高贵者看到高贵
可笑者看到可笑
高高在上的塞万提斯看到一部小说的奇妙
越虚构，越真实
谁要是相信，谁就成为了他

（2016.10.3）

永恒之光亮

——致索尔仁尼琴

总有一些光亮
可以穿透阴云
穿透僵硬的墙壁
穿透高楼林立的闹市和机器的轰鸣
它高悬于纷乱的头顶
照耀着日益枯蒿的灵魂
那些无意识的躯壳
那些空虚，迷茫，倦怠，绝望
那些堕落，和毁灭的心灵
它阻止它们下滑的速度
它横亘于深渊之上
黑暗之上

它是黑暗中的救赎
是呐喊，和温存的教诲
是火焰，阳光，梦想
它让黑暗中的事物愈显丑陋
那些暴力，专制，谎言

那些疯狂的摧残，野蛮的枷锁
人类亲手酿造的苦难
原形毕露
一些人战栗
在死一般寂静的世界
它有多么微弱
就有多么强劲

它闪烁着，周旋于无期的长夜
它的光飞驰着，破解着旋转的风向
那些遗留在风中的隐喻
那些含义不明的路标
那些蒙了灰尘的秘密
它每吐出一个字，就成了花朵
它坚定地说出一切真实
坚定地　点亮
孤独的人类

当它终于要收回 那些光
它的古典的笑容，构成笑容的所有细节
勇气，信仰，真实，自由
那些人类文明中最高贵的词汇

开始在大地上流亡

它已经改变了夜的方向

（2010.8.7）

一个人的素描

——献给卡夫卡

1.

他交了一大笔电费
买下了余生所有的夜晚
然后安心在每一个夜里
享受被单独监禁的幸福

2.

他在雪地里踽踽独行
每个脚印都是一块石头
而他仍在寻找一块
供他藏身的石头

3.

他在人群中
总是缩得更小

听到粗暴的声音
总要微微打颤

4.

在爱中
他总是得不到足够的热量
所以他燃烧自己
因冷而烧成灰烬

5.

他写作是为了
把他的意识赶出去
他闭上眼睛时
就不会继续看到而失眠

6.

下一行文字
和下一秒的心跳一样
神秘，不可预知
他保持他的笔

和他的心脏同频共振

7.

为了抵御那些幽灵
他用词语将它们固定
用图画
记录下它们穿越黑暗时的痕迹

8.

他抚摸着自己的心脏
那里不断长出新的自己
从中他看到一个不一样的新世界
令他不安的旧世界因此被原谅

9.

他看着那些穿着羊皮的狼
为了生存，他们穿得正合适
而他也冷得很舒适
在冰雪荒漠中赤身裸体

10.

因为他
工伤保险公司成为一则寓言
人们以翻阅案卷的庄重姿态
严肃地上演滑稽剧
年复一年，一直到今天

11.

他不进剧院是因为他看见
这座由各种依附关系建构的金字塔
没有基础，缺乏聚合
人们不得不忙于次要的事情
而艺术，是需要全身心投入的

12.

他可怜地望着他们
每一个人都显得孤苦伶仃
仿佛附着在礁石上的珊瑚
没有石灰质外壳
只分泌腐蚀性的黏液

13.

他看见了那些
并不存在的镣铐
人们在监禁中
却并不自知
这是独属于弗兰茨．卡夫卡的孤独

14.

他热爱布拉格的每一条街道
每一座教堂，每一个院子
是因为这些沉默之物
纳藏了真正的思想吗？

15.

走到老城环形道和巴黎大街交叉口
望着楼上的房间，他伤感地微微一笑
那不是他的家
是他的避难所

16.

他的内心有着巨大的不安
然而
除了陷入更大的不安
他毫无办法

17.

他信仰生活本身
一切事物
一切时刻
他相信生活这个整体
将永远延续，相信
最近的东西
和最远的
唯有如此
他才能完成这场
没有复归的
沉降

18.

在他看来
爱和艺术一样
都是要全身心投入的事物
所以归根结底
都是悲剧性的

19.

他对快乐抱持审慎的态度
所谓更好的享受
不过是在美好的回忆中
渗入忧伤的味道

20.

世界与他相互对抗
而存在
要么在叙述中发出声响
要么在沉默中沉沦
世界消失，他也燃尽了自己

21.

他爱每一个人
清洁工，粗鲁的冒犯者
弱者，病人，失败者
他给予每一个人尊重，宽容，耐心，信任
他把爱当作一条道路
馈赠给每一个迷路的人
唤醒他们身上处于消亡的东西

22.

他是他自己的反对派
他通过反对自己而成为一面镜子
让对面的人
看到自身的荒唐无稽而羞愧

23.

他平静的外表下
掩藏着冒险的勇气
日常生活经验是一块跳板
供他随时献身真理的深渊

沉入水底
呼气，漂浮
看到世界加倍明亮
是他生活中少有的快乐

24.

他通过写作
逃避自己
又通过写作
抓住自己
他在写作中探索
生活中的种种可能性
又在写作中获知
自身存在的无法逃脱的不可能性

25.

他对生活说：
同意。同意。同意。
这样，

痛苦就变成了魔术
死亡成为甜蜜生活的添加剂

（2017.3.11）

“我是怎样成为杜尚的”

“我当然会有机会考虑做一个艺术家”

“我用八年的时间上我的游泳课”

“我从不把自己保持在一种建立好的模式里很长时间”

“我没有那种画家生活”

“我想发现一些东西，它们和过去全然不相干”

“我什么都不信”

“我已经不打算再过一个追名逐利的艺术家的生活了”

“漫游在平静的海中”

“没有美，没有丑，没有任何美学”

“你如果一边战斗，就无法同时一边发笑了”

“我要的东西不多：棋，一杯咖啡，过好二十四小时”

“我和自己之间的游戏”

“我一直在试图渐渐减少行动”

“吃饭和为了画画而画画是两件不同的事情”

“我发现婚姻和其他事情一样没劲”

“我很喜爱我做下的事情，这种喜爱转变成了这种方式”

“给予抵制的方式是：沉默，缓慢，独处”

“拒绝会显得好笑，拒绝诺贝尔奖是可笑的”

“把一向隐蔽着的东西带到光天化日之下”

"艺术家的状态比他的艺术更重要"
"我的位置就是不具备位置"
"我拥有一份非常精彩的人生"
"我不记得原先的题词了"

（2019.4.5）

冬日忆杜甫

1.

“大醉，卒于客舍”
我确信，那是完美的死
我确信，正有一首长诗
凌空而来
以慢板的节奏
包围你。
兵荒马乱的唐朝
心神不安的唐朝
终于在你耳边安静下来。
我确信它又是
一首无懈可击的诗

2.

你是一个多情的人
欲罢不能地爱着你的时代
你挽起宽袖，临风写下诗句

不见爱，只见愁
不见喜，只见忧
茅屋在秋风中破败
猿猴在山涧里哀鸣
酷吏征夫 失孤嫠妇
你一路走，一路忧
刚过苦夏，又是悲秋
这个令你惆怅百结的时代
这个令你苦恨成霜的时代
你一笔一划 一泣一吟
在全唐诗中
你的爱
满目生悲 熠熠生辉

3.

一梦 二梦 三梦
你是真的孤独
也是真的爱他
他夸张，吹牛，嘲弄你
你统统不在乎
一而再 再而三地梦他
诚挚地爱他 给他写诗

你爱他醉后的仰天大笑
因为你醉后总是涕泪零落
你爱他豪气一吐就半个盛唐
因为衰败的晚唐常常辜负你的心
你写下太多的黑暗、饥饿和寒冷
你需要爱那个阳光般明亮的人
你在梦中捕捉他明亮的羽翼
照你穿行不可揣测的漫漫长路
你没有梦见的是
后人将你和他并称千古光芒
那是你不予考虑的
寂寞身后事了

（2014.1.21）

爱这个世界

——致汉娜·阿伦特

这个来自远方的姑娘
将爱情葬入一块在独裁者手中
散发血腥的大陆
将年轻芬芳的肉体的欢娱
掷入哲学家衰老苦涩的回忆
在另一块大陆上
自由女神盛开神圣之光
照耀她对生命做最深情的咏叹

爱情死了
爱情留给她的道路
却活着
这个来自远方的姑娘
已经　没有　乡愁
新大陆上所有的人都孤立无援
所有的人都是同乡
她不再凝望她伟大的情人
痛苦沉入水底　消融

她真正爱上了这个
看上去不错的　世界

为此她忧心如焚
不断回望来路，因为她知道
所有的来路都是去路　所有的
创造和毁灭　新世界和灾难
都是同一条道路
她给自己的责任是在每一条路上
种植责任的鲜花
她的喜悦分给每一个人
她的馈赠是人类
高贵的力量

（2012.3.12）

存在于思想的狂喜之中

——致苏珊·桑塔格

我看到你时，你的脸
比中国北方冬日的风
还要凛冽

80 年前，你是一个笑容温婉的少女
“她的故事讲起来像一个传奇”
这句话令你心醉。模仿完美
成为你一生的事业
你果断拆除生活的框架
让自己成为一件艺术品
以独立的姿态　尖锐的光芒
摧毁一切旧秩序的合法性
你的梦想居然实现了
主宰几种不同的生活
你　是你的女王

康涅狄格和哈佛的校园
你的黑发是一道美丽风景

而你无暇顾及一切庸常的目光
你匆匆行走
为你感知到的世界命名
表达那不可表达的
赋予它们意义　让思考脱离平庸
让天气和肉体　具有形而上的玄妙
让世界　成为思想的丛林
或者思想的沼泽地
是你着迷的存在方式

逼仄的房间里
除了书橱　没有别的家具
除了窗外一览无遗的哈得逊河的美景
没有别的赏心悦目
你苦行僧般的生活捉襟见肘
而你并不在意
你不是要简单地成为一名作家
穿行在黑暗中令你激动不已的
是要让作家　成为你的
自我建构物

你用语言创造历史　也创造自己
你甚至用语言对付神秘的病魔

当你在病痛中敲下
“死亡　痛苦　癌症”这些词语
你笑着说，“我赢了”
身体上的病是生命的背面
迟早会影响到每一个人
无须害怕，那些文字
灌满了你的力量 智慧　和勇气
让我在此时浩荡的寒流中
和你一起嘲笑所有荒谬的屈服

“问题是如何不去转移目光”
你只是沉静地望着事物
它的含义开始汩汩流出
没有什么能够遮蔽你的眼睛
不太美好的政治　侵占现实的摄影
土星般孤独忧郁的艺术家　他人的痛苦
每一次你射发的子弹
都会击落一地光明的碎片
在那些爱你的人们
没完没了的揣测中
你满不在乎地炫耀着
一头银白的假发

你的美貌和你的智慧不偏不倚
如同思想的质量和作家的尊严
在你身上碰撞有声
我不能精妙地概括你
也不能过度地阐释你
那是你所拒绝的
我只有庆幸与你的相遇
这个冬日的第一场寒流正直驱而下
而你说，“我心中有座火山”

（2012.12.12）

存在的信仰高于一切

——致波伏娃

你不做那个天生的女人，嫁人
生子，然后死掉
你决计把这一生当作一种实验
身体，写作，爱
流言，荣誉，痛
你冷冷地，坚硬地
点燃它们，装入试管

你最初爱上的那个男人
他给予你的与其说是爱情
不如说是信仰
是你实验的同谋
唯此高于一切
你坚定地拒绝另一只手送上的爱情
几乎无须动摇 你只是留下一枚戒指
戴着它　走入信仰的坟墓

你一生都很少欢笑

在你与信仰同居的旅馆
在你写作和聚会的花神咖啡馆
淡淡的阳光斜躺在草稿纸上
隐秘的泪水藏在回忆录里
我找不到一张开放着你笑脸的照片

你只是想做一个
你想成为的那个唯一的女人

（2009.7.6）

希望

——致娜杰日达·德尔施塔姆

从一个流放地
到下一个，她优美
得体，看着一首诗
脱离他，看着诗和他
同时获得解放，看着恐惧
和缪斯交替照临，生活
碎裂一地。那些黑暗的
碎片，是她一个人时的光亮
她一片一片捡起，年复一年
放入一本又一本回忆录。42 年
除了微微发光的烟头，没有
更亮的光。她越来越瘦小
阴影如此深重
她没有希望
她是希望本身

（注：娜杰日达·曼德尔施塔姆，俄罗斯著名诗人曼德尔施塔姆的妻子。娜杰日达在俄语中意为“希望”。）

（2016.5.28）

“写作像风一样吹过来”

——致杜拉斯

拉上窗帘　索性黑得彻底
才好贴近你的气息
威士忌的　清醒而绝望的气息
从黄昏开始　不开灯　走向夜的深处
未知的边界
你用大量的语言讲述
一只苍蝇在 20 年前垂死挣扎的样子
你保留着 40 年里落在房间的每一片玫瑰花瓣
生命的黑色哀伤　艳丽枯亡
你的平静是因为经历了岁月
70 岁时你才写出 17 岁的那场爱情
你多么善于伪装　虽然你从不在文字里撒谎

打开的书是黑夜　写作也是黑夜
我和你一样害怕　拉开窗帘
看到虚无的　陌生的天空

（2012.10.25）

和疼痛比赛游渡

——读弗里达画作

之一：

“我喝酒是想淹没疼痛，可这该死的疼痛却学会了游泳”

画布上总流着血——
箭头优雅插入，钉子尖叫
女人艳丽的身躯从高处坠落。
多么庆幸，上帝给了你画笔！
那些奔涌的疼痛，可以自颜料中
汩汩而出。小儿麻痹
车祸，31 次手术。
这具破碎的身体
是你随身携带的巨大战场。
因为你赢得了内部的胜利
也就赢得了整个世界

你在血腥弥漫中

和疼痛比赛游渡
从晕眩，到颤栗
从直视到冷眼旁观
从失衡到翩然起舞
疼痛的身体是艺术之母
其余的，只用来寻欢作乐
是的，一定要快乐
因为跳完这支艳丽的舞
一旦飞走便永不再来。

之二：

“我一生遇到了两次灾难，一次是车祸，一次是遇见我的丈夫”

我们有时会受神圣的伤
这一次，你是在石膏盒子里
拼接起来的假娃娃。庄严的苦难
来自天上。没有人能够解释
你在石膏上画满蝴蝶。
另一些伤，是灵魂自己的选择
仿佛意外事故，又仿佛天意
那神奇的一击，仿佛太阳升起

一样难以觉察，而你
已身受重创

他用色彩将你带往远方，用爱
让你理解更多的真理
灵魂没有上升，就不是爱情
心中没有疼痛，就不是爱情
你的笔触硬如钢铁，又薄如蝶翼
惨烈的又是美好的
真理如此复杂。画布上展不开
的部分，被你铺展眉间
像一双鸽子的羽翅

之三：

“请注意，这是一具活着的尸体”

你画了无数次自画像，是为了
将自己抛弃。你画了大象
与鸽子，是为了将爱情抛弃
你画了那些破碎的梦
是为了能够安睡。你画了
那个从未有过的儿子，是为了

让他出生。你画了别人眼中
超现实的现实，是为了
粉碎现实。你画了死亡
是为了免于恐惧。

所有的成长，都
自疼痛开始。没有眼泪
只有更深刻的色彩。没有
绝望，只有更彻底的自由

（2013.7.6）

冬至日：与萧红对谈

之一：冷

我要首先和你谈一谈冷
不是温度计上的刻度，不是
天气预报里的数字
是你文字里的日常人事
呼兰河上的河灯和月亮

你在文字里安放了一层一层的冷
冷透了每一个细节
你注视世界的目光才平静下来

穿越你的冷
才能理解那些
受罪受难的女人和穷人
才能抵达你的愤怒
接近你的孤独和哀悯

你的文字是冰冻的大地上

恣意开放的冰凌花

之二：祖父

他是你全部的幸运和不幸
他在炉火旁读诗时微红的嘴唇
给了你最初的梦想
从此出发
你走出了他温暖的目光
也走出了你既定的人生

他是你唯一的故乡
也是你所有的眼泪

之三：自由

你不断地逃离
从异乡到异乡
从异乡到异乡
你不安于命运的羁绊
也不安于身为女性的羁绊
你和现实抗争
也和你爱的男人抗争

因为一种崇高的 美的理想
你不怕在暗夜里企望光明

时代坚硬 而肉身脆弱
你留下的遗言是：
“身先死，不甘，不甘”
在香港的浅水湾
你和故乡 隔着整个中国
遥遥相望

之四：写作

惟有写作
是你真正的自由
你在写作中快乐地呼吸
裸露你的思想和灵魂

当你写下你的冷，你的痛
你的希望和绝望
你在写作中燃烧起来
生命如此温暖

（2013.12.23）

赫塔·米勒在窗前

她笔直地站在窗前
用双臂抱紧自己
那是一种拒绝
还是一种无助
我不能知道

她面对窗外，白色的阳光哗然
照亮一屋子阴暗
散落一地的书，有的
甚至被恶狠狠地撕成碎屑
在她的大椅子上，血淋淋地尖叫
她曾坐在那把大椅子上写作
用墨水造就每一个黑夜
此刻，她站在它身旁
像一根瘦小的柴禾
她抱紧双臂
保持身体的平衡
还有更多的书
在高大的书架上，她一定

沿着梯子爬进
他们不曾爬进的深处

因为诺贝尔那个老头
各种声音追赶着她
此前是各种脚印

（2009.10.19）

薇依，薇依

（一）

这个冬天，我将以你取暖
薇依，你的房间总是敞开着
野地一样冰凉，
那些流浪汉，失业者，吃不上面包的人
他们让你连生炉子的钱也没有了
但你不怕冷。你那么瘦
结核菌在你的肺部开辟着战场
你的眼神忧郁，却面露笑容
你什么都不怕。这正是我爱你的原因
当然不止这个。你下矿井，挖土豆，干农活
让劳作深入体内。你眼痛，头痛，受戏弄，挨训斥
宁愿如此，你也不愿夹着书包优雅地在校园里走
你鄙视那些看上去的优雅。不懂得屈辱便无法理解
　自由
你用肉体的痛苦求证精神的存在
你把自己视同奴隶，是为了奴隶们获取尊严
你的一生有两个嗜好，爱烟和爱穷人

你的爱多么温暖。八十年后的这个冬天
漫长的暗夜里，我依然以你取暖

（二）

又要下雪了，薇依
这个冬天的雪如此稠密
仿佛我的思念
薇依，你从来不像我这样思念
你那么早熟，思想深彻
担当孤独已不成问题
或者你根本没有时间孤独
你只是一心一意地爱着　奔忙着　呼告着
反思一切可耻的制度　人类的恶行
一切非人性和反人性
你执著地爱着一个定义
“人，这个世界的公民”
你瘦弱的身影　像一支火焰
孤寂而热烈
你拒绝依赖任何事物　任何组织
你不左也不右　不看重任何形式
对你的命名是困难的
作家，知识分子，神学家或者无神论者

人道主义者，和平主义者
解构主义者，无政府主义者
你都是，又都不是
你不期待任何光环　也不期待任何回声
你只是低头寻找自己　又反复撕裂自己
任自己　在茫茫旷野碎裂成片
“您认为我会康复吗？能回法国吗？”
直到最后一刻　你才说出自己的思念
那一年你 34 岁　法兰西是再也见不到了
异国的穷人墓地里　你永远守在了
你热爱的穷人们身边　只有一束三色鲜花
象这个冬天的雪花一样鲜艳而稠密
给你动荡的痛苦的灵魂　安慰

(三)

薇依，我写下你的名字，在纸片上
纸片在我的包里 陪我来来去去
这个世界远不同于你的世界
自由和正义 说出这些词要遭人耻笑
所以膜拜你是危险的。薇依
当灵魂贴上价格的标签
当苦难也需要辨识真假

是你让我相信光的存在
你一生只追求精神的丰饶
从不在意物质的简单混乱
大口袋的上衣，平底鞋
便于你不歇地行动
你那么柔弱，又那么生气勃勃、坚忍不拔
注视着那些不被上帝注视的角落
你对自身的凝视 只限于内心的深渊
肉体和物欲永远被削减 为了智性的始终正确
“人类的痛苦中最令人可憎的是知之甚多，却无
能为力。”
你爱着你的世界 痛苦而高贵地爱着
从不绝望。你的目光穿透黑暗
穿透每一个冬季
我甘心被它打动 并试图爱上冬季

（2009.12.12）

你的爱过于辽阔

你的爱过于辽阔
只有春风可以隐藏
这首藏头诗在你的身体里
已有一百年历史
它是你最硬的骨头
也是埋葬你的废墟
只有天真的人
才会用鸡蛋拍打石头
而你担忧的神将再生
失败永无终结
直到春风送来死亡的消息
你咽下的碎玻璃
都成为你此生的荣耀
你用龙胆紫写下的文字
让你在人间拥有了一种
独属于你的颜色

（2019.2.16）

爱的十四行（三首）

1.

比起这一生她的幸福
找到了他
并且因此找到了她自己
那黑暗中的等待又算得了什么

为了陪他度过白色的冬天
这些年她剪掉自己的黑发
看落叶重返枝头九个轮回
看他被火焰九次燃成灰烬

这一次她接到他
这一次终于不是在她的梦中
而是比她的梦更加虚幻
空白的梦中之梦，他的呼吸停下
停下，在那道光里
他将亏欠她的等待全部奉还

（2017.7.7 夜）

2.

是闪电送来他的消息
炸裂这苦夏的夜空
无边无限的墙
他的黄金诺言，在天上
星辉灿烂，照亮海洋
与玫瑰

天使是不死的
他温暖的微笑
在空椅子上永恒
他隐身于他的爱
隐身于我，我们
继续在这暗夜里突围

雨猛烈地落下来
有一些是泪

（2017.7.13 夜）

3.

她安葬他于大海
这不是告别，而是
他承诺给她的一个拥抱

这个受难的人
一生用他的骨头钻木取火
只将剩下的灰烬承诺给
他爱的女人

大海不是他的故乡
但只有大海
容得下所有的结局

那些监控者，捉捕者，审判者
都停下了。她终于可以对他一个人说：
大侠，你瞧
这海面上的月影……

（2017.7.15 夜）

八月：我们谈着过去，仿佛预演未来

此时，我们陆续就位
开启一瓶陈年老酒
就像当年，你为我们开启
那道温和的门，万物寂静
只有语言这一束光
让世界成为一件陌生的礼物

这么多年，我们一遍遍返回
确认那是我们的出发之地
确认光明消逝仍有一种崇高和英勇
确认这世间的荒芜而你独在高处
确认所有的语词如利剑都有自己的方向
确认这夜晚风声加紧而我们在彼此心中

这么多年，我们有时因为各种疼痛而偃旗息鼓
有时试着打破沉默敲响一个敏感的音节
像今天这样，我们谈着过去
仿佛预演未来，我们从未握过的手
像兄弟，不管秋风带来什么消息

一些毁不掉的东西会磨成芬芳的尘埃

这么多年，我们多少次在夜色中告别
有一次大雪纷飞，新年将临
我们眼中无雪，只有蓦然相遇的喜悦
那是另一道光，将我们从人群中分离
从此每一次告别都保留了雪的无瑕
和一个如期而至的新日子的无辜

（2017.8.30）

和吕德安行走 798

1.

展览馆的院子正在施工
只有两棵树
投不下更大的阴凉
工人们弯腰搬运沙子，携带着
比树的影子更小更卑微的影子
吕德安说，这样的劳动
比任何艺术作品都好看

2.

他双手背在身后
走过一个又一个橱窗
他说，那些放进橱窗的
艺术，只剩了表面的美
我们冷漠地 硬心肠地
大步穿过那些争相邀宠的表情
希望找到一副

无所谓的，你爱看不看的
表情。艺术的表情

3.

艺术家终其一生创作
只是要创立一个代表他自己的
符号。他指着远处
墙上的几幅画，说：你看——
我点头会意，那是吴冠中的画
他说，那是他的符号
而我们所在的展厅，每一个画面上
都有一道带阴影的铁丝网
这是一个年轻的，正在形成的符号

4.

这幅画融合了所有
西方的，中国的，古代的，现代的
相关元素
这难道不是绘画的暴力？我说。
而暴力美学也是美学。他说。

5.

垂下眼睑的女人，抿紧嘴唇的男人，田间小路上
踽踽独行的人，手拉着手的两个暗色背影……
画中的每个人物，都是画家自己。我确信。
“这是一个观念清晰的画家，每一个笔触，都透
露了他的内心”，我说。
“画家其实就是，终其一生
都在表达自己
而不为了任何别的目的”
他说。

6.

艺术家沉默着
他的作品却在发声

7.

这是一处空间里的空间
我们坐下来聊天，他讲画界
的萧条，一次失败的合作
他平静而自足，仿佛这些于己无关

他说艺术家就应该是难的
因为在难中才可以体悟生命
我暗暗感到羞耻，因为自从小时候
在张爱玲的书中看到，流浪街头的穷画家
和在富丽堂皇殿堂里演奏的音乐家
我便再不敢选画家作为职业。我说
我担心活不下去。他温暖地笑了：
活下去很容易，但要在难中活下去

8.

废弃的厂房，烟囱，火车
穿行在空中的管道，它们都已沉默
多年，这些工业化时代的遗物
此时是后现代艺术的代言

9.

两座高耸的烟囱下，我们谈到煤
然后谈到我的家乡，暴发户
出了问题的经济，一年没发工资的矿工
这和艺术有什么关系？
这难道不是当代艺术?

10.

站在高高的栈道上
可以看到很远的灯光
他想起在纽约的时候
曾在一个很像这里的地方
可以望到海边，有很多长条椅可以随时坐下
看见刚才穿红色斗篷的女孩，也没人
像我那样报以惊奇的眼光
但这里是北京，这样已经很好
只是没有椅子可以坐下来
供我们，好好谈谈

（2016.8.20）

养只猫叫三千

1.

养只猫叫三千
我就成为三千个弱水中
拥有一只叫三千的猫的
唯一的弱水

2.

睡在我身旁的猫
这是我对生活的理想之一
牠有时让我陷于
理想成为现实之后的虚幻状态

3.

因为牠不说话
一切显得很完美
如果有一天牠需要语言

那种完美的东西就失去了

4.

牠凭空捕猎着牠的假想之物
多么像我冥思捕猎着
隐藏在逆光之处的诗句
这是我们各自通往光明的道路

5.

牠跃起后重重地摔在地上
却仍然显示出一种轻盈
仿佛落地的是灵魂的重量
身体只是虚设的有形之物

6.

牠随心所欲地出现或者消失
身后留下牠的微笑
就像上帝走了
却留下了他的判决

7.

三千初识新物
又胆小，又好奇
防之，探之，击之，戏之
进退有序，章法不乱
浑然天成，无师自通
联想到人类对自己的孩子
与其管之，束之，教之，示之
不如顺其天性，免于干预

8.

牠知道我在出门前想让牠回到牠的房间
牠与我周旋，让我着急，甚至拒绝作为引诱的食物
牠明确地表示牠的不顺从
最终牠还是回到自己的房间
但是作为牠自由意志的选择，并且
仿佛在怜悯我这个处于困境的人类

9.

牠在我的手可以触摸到的地方

变换着睡姿，或者
牠根本就没睡，而是
在谛听我，陪伴我，依恋我
要对得起这份沉默的爱意
我便不能离开牠
也不能过于亲近牠
而是保持着
牠制造的我们之间的距离

10.

牠用厚厚软软的手掌
轻轻拍一下我的手
或者我的腿
我就明白了牠的心思
牠想吃，想玩
邀请我，或者反对我
牠都只是轻轻拍一下我
如果人们之间
省略言语
放下武器
也只是这样轻轻拍一下
这样简单的联结

一定会让世界美好很多

11.

当牠伸展四肢袒露肚皮在我面前
就是牠对我全部的敞开
作为一种平等的交换
我要对牠开放世界的每一个细节
供牠探知。这对于牠
是一个朴素的常识，对于我
是向它学习并接受的一个规则

12.

当我从电脑前转身
看到牠在一旁端正上身
真挚，温和地
看着我
仿佛要说出些什么
而牠一旦开口
第一句到底会是什么
一个新世界的开端
究竟来自哪一个词语

简直像神一样不可知
像神一样难以捉摸

13.

三千用牠尖利的指甲
划伤了地板抓毛了沙发
弄蔫了那盆茂盛的吊兰
但我对牠毫无怨言，既然
一切事物的建立都是为了被破坏
何不由一只美妙的猫来完成

14.

这世界称得上稀薄的事物
最高的
是喜马拉雅山顶的空气
最低的
是一只猫的睡眠

15.

一片叶子，三种塑料包装皮

作为牠的猎物
在牠抓捕玩弄够了之后
仿佛战利品一样排列在地上
这时我们不得不怀疑自己
是否真的懂得一只猫的智慧

16.

牠总是纵身于孤独的高处
以上帝的视角注视世界
牠喜欢藏身于寂静的暗处
以神探的目光审视世界

牠无需像人类一样
终其一生去破解一道难题
那位古希腊先知的箴言
至今雕刻在石柱上
“认识你自己”

牠自然而然地践行着
本能即使命

17.

牠喜欢藏起来
听我焦急地呼唤牠
仿佛在试探我对牠的钟爱
或者赢得藏身的胜利
我总是装作找不见它
焦急地呼唤它
看它悄无声息地从某个角落里探出脑袋
瞪着亮亮的眼睛看着我
我喜欢让它有这种赢了的幸福感

18.

三千是一个对自己有审美要求的猎手
潜伏，瞄准，出击，抓捕
每一个动作在牠内心都有理想的标准
任何一个环节被牠判为失败
牠都决然放弃，从头来过
牠追求完美的进攻过程
胜于追求猎物本身
这在人类难以抵达的修养
而一只猫却与生俱来

19.

他写作时
猫伏在他的肩上
他阅读时
猫蹲在他的头上
他画画时
猫是画中的角儿
我说的他
是头戴黑色毡帽
胡须银白的
丰子恺老先生
不由得想象
画面的主人公
置换成三千和我
会不会是一样的完美
这世间少量的完美事物的一种
像此时落在他们身上的光线
一样沉默 一样温暖的陪伴

20.

每天早晨，我一下床

三千从对面房间里发出喵喵的叫声
牠急切的期待和呼唤
仿佛一条道路
把牠和我拉在一起
引向一个新的启程

Ⅳ 词语练习

词语练习 43 条

1．错误

他们真的相信地球静止不动
那些说地球绕着太阳转的人
因此遭到了审判

他们真的相信地球静止不动
隔着历史来看
这只是一个知识错误

2．蠢货

一个蠢货说别人全是蠢货
他的话可能是真的
虽然他也是蠢货

一个蠢货说别人全是蠢货
和他一样
说明他还是有点智慧的

3．赝品

最棒的毕加索赝品是毕加索画的
假装成自己
或许是逃离自己的一种方式

不能逃离精神
起码可以逃离肉身

偶尔制作自己的赝品
这是一项健康的练习

4．艺术

一种不具目的的美
一种无用之美

在类似于宗教的宁静中
人们脱离现实的重负
获得暂时的自由

5. 概念

是发挥话语权的工具
即使是错误的
也是一面主导航行的旗帜

即使名不符实
也是一枚外表坚硬的空胡桃壳
供人们推过来，推过去

6. 语言

是行动的开路先锋
是引起大火的火星

占有它
必须小心谨慎

7. 观念

过去的事物构成了樊笼
四周爬满经久不变的未来

人们将自己掩藏其中
视而不见时代的变化

一堆陈旧的言辞
作为保鲜剂
供养着持久的热情与愚蠢

8. 真理

它像黑夜一样富有弹性
先知点亮烛光
它就退到光晕之后
先知将它层层解构
它却不停衍生出更深更细微的部分
它有时流淌在血液中
有时在感官中，有时在神经系统
先知赋予它名字
它立刻变身为另一种存在

9. 权力

它的可怕在于它的无形
它仿佛魂灵一般

隐于那人体内
悄悄将他异化
让他成为机器
甚至成为魔鬼
而那人却深信自己是个圣人

10．面具

戴在脸上早已习以为常
现在，它戴在文字上
罩住那些不能言说之物
人们依靠心有灵犀
彼此识别
生活因此别有意味
平添一些神秘感，戏剧化
恐怖片的味道

11. 精神价值

它不存在于超越的彼岸
也并非乌托邦
它既不在昨天也不在明天
它就在当下

就在这个世界之中
理性创造它
而自由则支配着它
它不是某种固定或组织起来的东西
而是伸展到地球上所有的国家之中
伸展到它们所有的过去之中
它属于这个世界
但它仍然是不可见的
那些进入它的人
彼此能够认出对方

12. 友爱

它不是那种抹平一切差别的
兄弟般的过度亲密
而是黑暗与寒凉的世界中
光与启明的替代品
这些火花
互相看着彼此
每一个都更明亮地闪烁
因为它能看到别的火花

13 自我证词

在关于自己的事情上的证词
是不可信的
是有意识的谎言
是巧妙地自我呈现
是难以辨认的高仿真的伪饰

14. 批评家

他所要探寻的是这样一种真理：
它生动的火焰还在过去沉重的木头
和已逝生命的青灰上继续燃烧
他必须拥有炼金术士的含混的技艺
将现实世界中的无用成分
转化为闪耀而永恒的真理之金
或者更确切地说
他观察并解释着
带来这一神奇变形的历史过程
火焰自身的迷——生命之迷

15. 思想家

他貌似漫无目的地穿越在城市中
他的步态既是行进，又是逗留
他保持着一种不被城市潮流吞并的自我的节奏
他的任务是要一眼看出
一条街景，一次股票交易行情预测
一首诗，一种思想
它们属于同一时代的那条暗线
然后将世界的统一性
诗意地表达出来

16 诗人

他必须去言说那些不可言说的事物
当所有人都沉默时
他不能保持沉默
当所有人都在谈论某事物
他必须谨慎以免说得过多

他的唯一任务是铸造我们赖以生存的语言
所以有些事情他不能做
如此他才配得上人们赋予诗人的特权

17. 收藏

是为完成人的救赎而进行的对事物的救赎
它使物品脱离日常世界中单调乏味的有用性
而重新获得了作为一个永恒之物的性质
同时物品曾经赖以存在的环境被摧毁
使收藏者意想不到地成为了对传统的破坏者

18. 幸福

找到一个人
或一件事
为之活着
也可以
为之赴死

19. 知己

是两个纠缠的量子
不管相距多远
它们都不是独立事件
它们的意识，记忆，思维
是量子纠缠的

20. 第一印象

一种来自天然的情感
阻碍我们看清事实
敬仰，也许是略有些虚假的光环
排斥，也许是略有些愚蠢的偏见

21. 政治

它如此严肃
关乎每一个人
因此
我们决不能仅仅把它
交给那些政客

22. 立场

所有伟大的作家的著作中
总有一个仅属于他的
一以贯之的隐喻
他的全部著作
仿佛在那里聚集为一
承受光

且不会在它照耀下化为水汽

23. 信念

当一个人
不可冒犯
不可诱惑
不可动摇
他身上
就具有了某种迷人的东西

24. 衰老

当一个人
不再更新自身
不再学习新的经验
总是固执于自己的意见
在所有真实的事件中
他看到的只是对自己意见的确证
这时，他已经在接受一种惩罚

25 名义

每一个出于坏目的的好行动
实际上给世界增加了一部分善
每一个出于好目的的坏行动
实际上给世界增加了一部分恶

26. 穷人

当他逐渐富裕
他依然难以相信此时的富足
与其说他被长期的贫乏所控制
不如说是一种根深蒂固的恐惧
不知第二天会怎样

37. 现实主义

不是完全扎根于现实
而是仿佛涉入一条未知的河流
与岸上的现实保持一种距离
既能够感知到岸上的事物
又不被完全冲刷到新的岸边

28. 才华

既是一种恩赐
又是一种惩罚
更是一种沉重的责任
你需要技巧才可以背负它

29. 艺术之美

它通过物质触及我们
为我们打开生活的丰饶之门

它是高贵的，它让我们
透过物质看到真理之光

它培养灵魂的细腻和敏感
它让灵魂变得柔软而细致

30. 人生的目的

如果你只是顺从本能
维持它，而不是发展它
人生的目的便没有达成

修养，在你的一生中
发展你的天赋能力
存在的无目的便有了目的

在更高的精神层次上
结束你的一生
这是人生惟一的目的

31. 罪行

一切罪行都可救赎
但不可逆

因为罪行的后果无法消除
它已经发生

除了悲伤和悔改
你无法改变什么

32. 学识

一切学科最高的部分都是相通的
优秀的社会学家，经济学家，哲学家，

历史学家，都是相通的
一切学术发现都是在学科的边界上产生的

33. 作家

他像盲人一般地探索
雕琢词语，寻找它们的组合

他的生活在他的文字中
在他的语法里

他的文体风格
也是他的人生观

他真正需要的只有两样：
充足的阳光，和写作时的安静

34. 经文

它以一种无法追溯的方式
影响世界文化

你无法界定它影响的界限

它是一种独特的回响
它在我们下意识的行为中

一种美妙的影响
几乎无法考证

35. 灵感

一种万事顺利的状态
仿佛国际象棋下到尾声
不管走哪一步
你都会赢

36. 艺术

他需要时间
将那些即时的现实碎片
沉淀下来

如果只是记下一时印象
那是随笔，或者报告
不是艺术作品

就本质而言
艺术诞生于复杂

37. 老年

步入老年时你会发现
新的可能性和新的能力

当你一次又一次回顾一生
你会看清匆匆流逝的时光中
那些你从未看清的东西

38. 忙碌

你以为忙碌充实了生命
实际上错了

忙碌让你无暇思考
从而错过了生命中那些微妙的瞬间

39. 死亡

不过是一种自然的转化

从一种生命状态进入另一种生命状态

40. 贪婪

你不应该索取任何东西
只是与天地共处即可
贪婪摧毁人类
摧毁每一个人

41. 冬天

为什么冬天看上去安宁祥和
那只是在你穿暖和的情况下

42. 说谎者

大胆说谎
因为他知道没有人去取证

再次说谎
他自己也信以为真了

就这样，他度过了

一个说谎者真实的一生

43. 完美

有两种真正美丽的事物：
宇宙与人
不是美，而是完美

所以你无须上下求索
了解你身体的每一种功能已经足够了

代后记

为了生活中那牢不可破的幸福……

——《中国诗歌网》花语访谈弱水

1、花语：据说你从小到大都是个乖孩子，乖到什么程度，是否也有叛逆的时候？

弱水：所谓的乖孩子，这是一个评论家在评论我的诗时用的一个词，他说我的诗中流露的忧伤是一个乖孩子内心忧伤的自然流露，并非一种决绝和刻意的反抗。事实上，从小到大，我的确是一个不惹是生非的乖孩子，一直在竭尽所能地当一个好学生，好女儿，好妻子，好母亲，好员工，好朋友。就是通常所说的那种好孩子的品性，比如责任感，善解人意，宽容，谅解，爱等品质，一直是我遵循的待人处世原则。女诗人西娃、沙白与我第一次见面时，不约而同都说“弱水太正了”。我理解她们说的这个“正”字应该也有“乖”的意思，就是不符合一般人们心中对于诗人的想象。因为诗人就应该突出自我，个性，甚至你说的叛逆，而所谓的“乖”是对所处环境的自觉的顺应性，是对自我和个性的消泯。包括我的笔名“弱水”，其实也含有“水”的顺势的本质，这是我对自身与外部世界的关系的一种定位吧。

也会有叛逆。其实，文字就是我叛逆的一种方式。我的写作首先是对自身女性角色的一种叛逆。我的原生家庭和我后来建立的小家庭，都是传统观念根深蒂固的，我的父母，我的先生，他们都认为一个女人除了工作之外，就应该以履行家庭职责为主，其实工作也是为了家庭给养，而与家庭无关的阅读和写作，则是有违家庭道德的。所以作为一个女性写作者，在我的家庭中是不被理解和支持的，而我将这件事情坚持了下来，其实就是对传统家庭男权思想的叛逆。

2、花语：是否有拖延症？身在职场，你觉得执行力重要吗？

弱水：从不拖延。我做事从来雷厉风行，从小就这样，先迅速完成作业再去玩。

在我所在的单位，因为具有集团化、管控型、层级多、链条长的特征，所以执行力很重要。但具体到每一个企业并非都是如此。在工作中，我对我们公司系统一些单位做过企业文化特质的测评和调研，结果是电网主业板块普遍执行力高、创新力低，而金融、产业等市场化企业板块则普遍创新力高、执行力低。这是企业性质决定的。

3、花语：是什么促使你走进诗行？最早可有崇拜的偶像？

弱水：我一开始写散文，也写小说，后来感觉精力不济，毕竟还要工作，还要带孩子，身体也越来越差，只好尝试诗歌。最初，诗歌对我而言，可能更多的是为了保持语言的感觉以及对突至诗意及时的记录，是将诗歌的语言锤炼和以诗歌对事物的感知方式，作为提升散文和小说品质的一种历练。后来，写的多了，对诗歌的感觉和认识也越来越深，理解了布罗茨基所说的“诗歌是语言最高的存在形式”，对诗歌开始有了自觉的虔诚的追求。

没有偶像，只有喜欢的诗人。最早应该是上大学的时候，喜欢过台湾诗人余光中先生和洛夫先生的诗。后来有一阵子喜欢过北岛。年长一些以后，喜欢苏联诗人阿赫玛托娃、茨维塔耶娃、曼德尔施塔姆、帕斯捷尔纳克、布罗茨基等诗人，喜欢他们在黑暗时代里建立起来的理想主义和诗学信仰。他们是真正的诗人，既可以以诗为马尽情地去爱，也可以循之从容赴死。诗歌是他们的存在方式，给予他们庇护，带给他们苦难的幸福，当历史成为革命后的一片废墟，诗歌却成为那个国家最好的东西。

4、花语：什么是真正的优雅？

弱水：表里如一，恰到好处。

有一次看章诒和先生的一个演讲，她身着白色纱衣，讲述时略带一点激动，和她的文章、她写的小楷一样，飘逸，古典，有力，饱含情感，我觉得那是一种优雅。

有一次在一个诗歌活动中见到王小妮老师，她上台朗诵时，微含着胸，像她诗中所写的那样“收拢肩膀”，仿佛要把自己缩回到自己的身体里，那样子让我想起有人写厄普代克的一句话：他无须取悦于任何人了。我觉得她也是。她瘦瘦的样子，却仿佛能给人很多踏实的力量。我觉得那也是一种优雅。

5、花语：你眼中好诗的标准是什么？

弱水：真诚，有情怀，有痛感，感觉到你的心被它狠狠击中，或者被它一下打开了，或者干脆被它带走了。一首好诗应该是从智性出发，向着生活的冒险，是对这个世界本质的独一体验、探索和挖掘，是神性附体。遇到一首好诗，会让人有人神相通、灵魂出窍之感。当然，首先是它作为一门语言艺术，在诗歌语言表达和审美上有它的独创性和唯一性。我只能说这是我喜欢的好诗，不能说是好诗的标准。关于好诗的标准，我赞同朵渔、树才、耿占春他们的一个对话：好诗的标准是一个悖论，与其说需要一个标准，不如说需要一种诗歌教养，教养有了，一种自我标准也就自然生成了。

6、花语：说下你的家乡和少年成长经历。

弱水：前几天，我家乡的一位摄影师朋友给我发来一张照片，正是麦子成熟的季节，沉甸甸的金色，在田野上一层一层铺展向天边。我的眼泪一下就涌满了眼眶。家乡就是这样，远离了它，才能看清它。我生长在太行山区晋东南的一个村子里，童年时父亲是军人，在青海当兵，长年不在家。我们姐妹和妈妈住在姥姥家，因为姥姥身体不好，妈妈是家中长女，又是乡医院的大夫，便于照顾她。因为父母有工作，所以我们家是农村的市民户，没有地，我从小也没有对土地的感情。父亲每次回家会买书给我们，还给我们订了《儿童文学》《少年文艺》等杂志，所以我比村子里的孩子看的课外书要多一些，下课后她们喜欢围在我身边听我讲故事。童年的时光很慢，很长，放学后，我和小伙伴们玩各种游戏，捉迷藏，跳绳，踢毽子，跳方，直到天黑下来，家长喊着我们的名字，叫我们回家吃饭。现在，村子也都拆迁重建了，童年时的一切痕迹已经不复存在，我们已经没有家乡可以回去，只有金色的麦田可以带着我们回到童年的记忆中。我小时候就是爱学习，总想得第一名，喜欢老师和家长的表扬，考了第二名就会暗暗流泪。直到现在，我还会做考试的噩梦，在梦中，不是忘了带笔，就是一道题也不会。命运给我开的玩笑是，每一次决定我命运的考试都有一点意外发生。小学升初中时，登录分数的老师误将我的数学分数多了个小数点，105 分成了 10.5 分，当父亲上上下下跑问查清这个问题时，招生工作已经结束，我没能上了城里的中学，继续在乡镇中学读初中。中考时，我填报志愿是市一中，分数也超过了一中的录取分，结果我没等来一中的录取通知书，去学校问情况，才知道班主任老师为了确保升学率，偷偷将我的志愿改成了二中，因为我们那所乡镇中学还没有应届生考上过一中。高考时，正是 1989 年，文科类院校和专业大幅减招，有的学校和专业甚至不招生，我虽然考得不错，也未能上了理想的大学。这样一路的挫折，也让我早早知道了命运的力量，知道付出 100% 的努力，可能只有 50% 的收成。后来就是姐姐的突然去世，让我知道了生命的脆弱和无常，开始了对生命的理解和探索。成长就是这样吧，必须经历痛，在痛中才会对人生有所体悟，才会真正成长。幼年长身体的时候，我们的关节会有生长痛，其实精神的成长也是一样的，没有锥心之痛，怎会羽化成蝶。

7、花语：你是山西人，近年调至北京工作，对北京这个城市感觉如何？你心中诗意的城市是哪里？

弱水：北京是一座具有“梦”的气质的城市。每天路过西单地下通道，看到弹着吉他唱歌的少年，都会想到春晚一夜成名的西单女孩。每年的毕业季，北京会迎来浩浩荡荡涌向各个行业的年轻人，正式就业的，北漂的，他们无不怀揣着梦想。站到景山公园的万春亭上，故宫，中南海，后海，奥体中心，尽收眼底，历史、现在、未来在同一片时空交融，任何一个年轻人都会豪气勃发，被心中的梦想感动。所以我说，北京是适合年轻人做梦的地方。

北京还是一个处处可能有奇遇的地方，每一个胡同都可能遇到一段历史，每一个不起眼的小店都可能遇到一个高人。这些方面，我都是喜欢的。但北京也是一个特别消耗人的城市，一个巨型怪兽般的城市，路途奔波的疲惫，和浩瀚人海中的孤独，是初到北京最突出的两个感觉。但有些人是不怕那种被淹没的孤独感的，比如有一次和诗人老巢聊天，他说，每当他出差回到北京，就觉得是回到了他自己的城市，我想他是获得了那种大隐隐于市的自由感。我目前也在努力放下更多，让内心更纯粹，让自己享受一种自由的诗意。只要心中能够享受到这样的诗意，哪个城市都是诗意的。

8、花语：是否在意诗歌中节奏的把控？你认为节奏重要吗？

弱水：当然。汉语本身就是音乐性的。普通话的读音就有五个音调（四声和轻声），方言中的音调就更多了，仅仅靠音调就足够创造出音乐来。记得上大学时，宿舍里的女孩子来自四面八方，家人或者老乡来时，各自说着家乡的方言，你可能完全听不懂，这个时候你感觉更为突出的就是语言的乐感。

我写诗的时候，非常注重诗歌的节奏，让诗歌在形式上呈现出一种内在的韵律，也是对内容的一种阐释和强化。词语，标点，分行，分段，依靠这些元素控制节奏，既让诗歌意象呈现出一种建筑的结构美，也让人在阅读的节奏中感受到诗中流动的气息，语言的律动自然进入了诗感。

不仅在诗中追求节奏感，我写散文也追求语言的节奏感。新散文大家张锐锋老师读了我的电影随笔《我希望从未遇见你》后，他说开篇第一段中，他感到了一种钉钉子的锐利的节奏感。

9、花语：喜欢朗诵吗？朗诵是否能提升诗意？

弱水：不喜欢被训练过的风格化的专业朗诵。那种朗诵，就仿佛训练中学生给每一篇文章的阅读理解赋予一个标准答案一样，是对诗意的消解，而非提升。但我喜欢带点私人蓝调性质的个人化朗读，能够呈现出个人对诗的理解。

10、花语：在你看来一个诗人最重要的品质是什么？

弱水：诗三百，一言以蔽之，思无邪。我觉得一个诗人最重要的品质就是思无邪，就是对生命的无邪之思。这世上太多世故圆滑之人，“世事洞明皆学问，人情练达即文章”，是大多数人的处世箴言，就是该看透的看透，不该说的不说，这样的文章当然无比正确，但缺乏诚意。“修辞立其诚”，一个诗人，最根本的要做到“诚”，也就是“无邪之思”，在平凡世俗的生活中保有一点非凡之思，一点天真，一点勇敢，和一种宗教式的虔诚。我在一首诗中曾这样写诗人：“他必须去言说那些不可言说的事物 / 当所有人都沉默时 / 他不能保持沉默 / 当所有人都在谈论某事物 / 他必须谨慎以免说得过多 // 他的唯一任务是铸造我们赖以生存的语言 / 所以有些事情他不能做 / 如此他才配得上人们赋予诗人的特权”，这首诗基本代表了我对诗人品质的认识。

11、花语：汪峰有首歌《存在》，如何在诗中体现存在意识？

弱水：海德格尔曾说："语言是存在之家"。我的理解是，诗歌语言就是要呼应生命真实的存在。诗和生命没有关系的话，就是假诗。做一个什么样的人，活到什么样的地步，呈现出来的诗歌很自然就到了那个地步。活不到那个地步，装是装不出来的。所以，写好诗，重要的还是先做人。当然，在诗歌中真实地呼应生命的存在，还需要勇气，以及巨大的才华。

12、花语：有人说你是一个烟火气和书卷气并重的女诗人，你自己怎么看？

弱水：这样说，可能因为在一般的想象中，女诗人的形象总是脱俗超凡的，或者倚着窗户"薄雾浓云愁永昼"，或者守着"自己的房间"，书写着"我必须是你近旁的一株木绵"之类的诗句，或者这个女诗人足够先锋，她甚至可以把诗歌做成肉身叙事。这样的女诗人很可能是排斥或厌恶厨房的，她们仿佛不食人间烟火，空虚寂寞冷，人比黄花瘦。而我与这样的形象相比，的确是多了一些烟火气，我的一些诗文甚至都是在厨房操作的时候酝酿构思的。我看狄金森日记，里面写到她也经常在烤面包的时候构思诗句。可能这是我给自己的定位，首先是女主人，然后才是诗人。我在一首诗中写道 "我要守着厨房　当好女主人 / 还要忙着描述这个世界"，这是我对自己人生姿态、写作姿态的一种定位吧。所以我的生活要求我，要历练自己，在时间的缝隙中自由穿行，在现实界与想象界迅速切换，在诗人与女主人之间从容换位。我喜欢听到女儿对我制作的食物的赞美，这种享受不亚于听到读者对我的诗歌的赞美。所以，就目前来说，我还是要延续这种烟火气与书卷气并重的状态。

13、花语：听说你画画，还练习书法，是否一直很注重自身素质的培养？

弱水：画画，书法，都是可以让心安静下来的修行，算是工作写作之余的休息吧。小时候就喜欢涂抹乱画，课本的空白处都被我随手涂鸦。也经常把画画作为考试前的一种放松，大家考前临阵磨枪，我一般是画一幅素描让自己的心静下来。但一直没有专业学习过，因为农村学校没有美术课，也没有少年艺术中心这些辅助教育机构。直到大学期间，学校成立美术社，我高兴地报名加入，向专业的美术老师学习了一个学期。那个假期的作业，一幅水粉作品，还获得了当年山西省大学生美术展业余组一等奖。但我一直没敢想当一个画家，大概是因为看到张爱玲在一篇文字里写到，流浪街头的穷画家和在富丽堂皇殿堂里演奏的音乐家，我担心作为一个画家我是活不下去的。有一次和诗人、画家吕德安老师在 798 观看画展，我向他聊起自己这个担心，他温暖地笑着说：活下去很容易，但要在难中活下去。让我十分敬佩，也十分惭愧。画画、书法，这些艺术无疑都是一个人成长的营养，但不是要去刻意地从中汲取营养，而是作为一种修行。

14、花语：你对幸福的理解是什么？

弱水：关于幸福，我现在信奉的是老托尔斯泰曾说的“生活即幸福”。他说，生活，无论是什么样的，都是一种至高无上的幸福。

从这个角度再去理解他最著名的那句话，“幸福的家庭都是相似的，不幸的家庭各有各的不幸”，似乎又多了一些内涵，所谓不幸实际上是相对于更好的生活而言的另一种幸福。托翁善意地提醒我们，人最常见也最有害的一种谬误是，认为他们不可能现世得到他们所期望的所有幸福。他说，为了实实在在做一个幸福的人，要做的只有一件事：爱，爱所有人。爱无止境，则幸福也无止境。所以，我现在就是努力像托翁那样，做一个把自己都抛弃了的人，心中才会有彻底的幸福，才会从真正的生活中，萃取出幸福的要义。说到底，生活及生活的幸福就在于灵魂从肉体的解脱，这样，无论出现什么样的不幸、苦难和病痛，他的生活都不可能成为其他的样子，而只能是一种牢不可破的幸福。

2017.7.3